悪魔に捧げた純愛

ジュリア・ジェイムズ 作

さとう史緒 訳

ハーレクイン・ロマンス

東京・ロンドン・トロント・パリ・ニューヨーク・アムステルダム
ハンブルク・ストックホルム・ミラノ・シドニー・マドリッド・ワルシャワ
ブダペスト・リオデジャネイロ・ルクセンブルク・フリブール・ムンバイ

THE GREEK'S SECRET SON

by Julia James

Published by Harlequin Japan, a Division of K.K. HarperCollins Japan, 2023

ジュリア・ジェイムズ

10代のころ初めてミルズ＆ブーン社のロマンス小説を読んで以来の大ファン。ロマンスの舞台として理想的な地中海地方やイギリスの田園が大好きで、特に歴史ある城やコテージに惹かれるという。趣味はウォーキングやガーデニング、刺繍、お菓子作りなど。現在は家族とイギリスに在住。

主要登場人物

クリスティン・キルギアキス……元住み込みの介護士。愛称ティア。
ニッキー……クリスティンの息子。
ルース……ニッキーの乳母。
ヴァシリス・キルギアキス……クリスティンの夫。故人。
アナトール・キルギアキス……ヴァシリスの甥。実業家。
ロモラ……アナトールの元恋人。
ジャイルズ・バーコート……村の地主の息子。

1

細かい雨が今にも降りだしそうだった。郊外の教会の墓地には低く雲が垂れこめ、冬の空気は肌寒く湿っている。クリスティンはうがたれたばかりの墓所の穴のそばで立ち尽くしていた。悲しみに胸が張り裂けそうだった。彼女が最愛の男性を失ったとき、救いの手を差し伸べてくれた心優しい夫はもういない。長い闘病の末、ヴァシリス・キルギアキスの心臓はついに鼓動をとめ、クリスティンは妻から寡婦となった。

こうして頭を垂れて一人で立っていると、寡婦という言葉が脳裏にこだまする。ヴァシリスのおかげで、近所の人々は彼女にとてもよくしてくれているが、中年の夫とかなり年の離れた妻だと噂《うわさ》されているのにも気づいていた。だが大地主のバーコート家がギリシア生まれの隣人とその若妻を受け入れると、ほかのみんなもそれにならったのだ。

クリスティンは夫一筋だった。棺《ひつぎ》が墓所に収められ、いよいよ最後の別れとなった今も、牧師の言葉に涙があふれてくる。

「わたしたちはここに彼の遺体を地にゆだねる。土は土に、灰は灰に、ちりはちりに、復活の確かな希望とともに……」

最後の祈りを終えた牧師から促され、彼女はその場から離れた。背後から棺に土がかけられていく柔らかな音が聞こえてくる。

涙で視界がぼやけてよろめきそうになり、頭を上げると、墓地の向こうにある屋根つきの門が目に入った。門の下には、さっきまで夫の亡骸《なきがら》をのせていた霊柩《れいきゅう》車がとめてある。

次の瞬間、彼女は凍りついた。

霊柩車の隣に車が一台とまっている。車体も窓ガラスも黒い。脇に立つ男性のスーツもまた黒い。長身の男性は微動だにせず立っている。それはクリスティンがよく知る男だった。彼とは五年間会っていない。二度と会いたくないと思っていた男だった。

アナトールはじっと立って、墓地を見つめていた。心は千々に乱れているが、彼の視線がとらえていたのはただ一人。白い長衣の牧師とともに、彼の伯父の墓所の脇にたたずむ喪服姿のほっそりとした女性だ。伯父とはあれ以来会っていない。伯父が愚かな結婚をして以来、アナトールのほうが会うのを拒んできた。

アナトールは鋭い怒りに全身を貫かれた。

自分自身に対する激しい怒りだった。

そして善良な伯父を罠《わな》にかけ、まんまと結婚したあの女に対する怒りも。

いまだにどうするべきだったかわからない。
彼女にそんなまねを許したのはぼくだ。

彼女はぼくを罠にかけようとして失敗すると、不運な伯父を標的にした。独身生活が長かった伯父は、教養のある穏やかな人だが、ぼくのような用心深さとは無縁だった。彼女には絶好の標的だったのだ。

こちらに気づいた瞬間、彼女の顔に衝撃の表情が浮かぶのを見て、アナトールはさっと体の向きを変え、車に乗りこみ、砂利敷きの道を走りだした。スピードを上げ、静かな郊外の道を走り去っていく。

再び心がかき乱され、アナトールは過去に引き戻されていた。
五年前のあの日に……。

アナトールは指先でダッシュボードをたたいていた。ロンドンはラッシュ時間で、この脇道さえ渋滞中だ。だが不機嫌なのは渋滞のせいではない。どうにも憂鬱な今夜のせいだった。

今夜はロモラと過ごすことになっている。

彼はこみ上げる不安に黒い瞳をきらめかせ、形のよい唇を引き結んだ。ロモラはぼくを結婚相手として見ている。それが問題だ。
結婚などしたくない。絶対に。

両親は争いが絶えず、二人とも結婚と離婚を繰り返していた。アナトールは彼らが結婚して七カ月後に生まれた、ただ一人の子供だった――父も母も前の配偶者を裏切っていた証拠だ。おまけに二人は互いをも裏切り、結局彼が十一歳のとき、母は家を出ていった。二人は今、性懲りもなくまた再婚している。何度めか数えるのも、心配するのももうやめた。父も母も、一人息子に安定した家庭を与えることには関心がないと思い知らされたからだ。大人になった今の彼は、両親の贅沢《ぜいたく》な暮らしと、費用のかかる離婚を賄うために、キルギアキス家の財産を絶やさないという大切な役割を担っている。

有名大学の経済学部を首席で卒業し、世界有数のビジネススクールで経営学修士《MBA》を取得したアナトールは生来の商才もあり、その役割を申し分なく果たしている。おかげでよいこともある。仕事も遊びも一生懸命という生活をしているかぎり、結婚の足かせから逃れられるのだ。

彼は眉間にしわを寄せた。ロンドンの金融街シティに勤める多忙なロモラなら、結婚など夢見ないと思っていた思惑がはずれた。ほかの女たちと同じく、彼女もミセス・キルギアキスになろうとする野心を抱いてしまった。

アナトールはふいに激しい怒りを覚えた。

なぜ誰もがぼくと結婚したがるんだ？

結婚ほど厄介なものはないのに……。

信号が青に変わり、前の車が進み始めると、彼はアクセルを踏みこんだ。

ちょうどそのとき、女性が一人、前に飛びだしてきた……。

ティアの目は涙でかすんでいた。明け方、高齢のミスター・ロジャーズの最期を看取《みと》ったばかりで動転している。母の死を思い出したのだ。あれからまだ二年も経《た》っていない。

ティアは古ぼけたスーツケースを引きずりながら大通りを歩いていた。営業時間内に紹介所へたどり着き、次の派遣業務にありつかなければ、彼女には帰る家がない。

紹介所は大通りの向こうの脇道沿いにあり、通りを横断しなければならない。道路工事のせいで渋滞がひどく、ここから渡っても問題はなさそうだ。ほかの人もほとんど動かない車の間を縫うようにして渡っている。

ティアは思いきって重いスーツケースを持ち上げ、歩道から車道に進みでた……。

ちょうど加速しようとしたアナトールは、とっさにブレーキを強く踏み、クラクションを思いきり鳴らした。

だが、車のバンパーに何か固いものがぶつかるいやな音がして、目の前に女性が倒れこんだ。

アナトールは悪態をつき、ハザードランプを点滅させ、車から飛び降りた。胃が締めつけられる。女性は通りに膝をつき、スーツケースの取っ手をしっかり握っていた。だがバンパーにぶつかってロックが壊れたせいで、中から女物の服があふれでている。

女性はぼんやりとアナトールを見た。危険な状態だったと気づいてもいないらしい。

激しい怒りの言葉が炸裂《さくれつ》した。「いったいなんのつもりだ？　あんなふうに飛びだしてくるなんて、気は確かか？」

叫んだのは、彼女が無事で安心したからだ。だが、どなられた当人はさめざめと泣きだした。

急に怒りが消え、彼は横にしゃがみこんだ。

「大丈夫か？」

返ってきたのは、すすり泣きだけだった。大丈夫なはずがない。わかりきったことだ。

彼は服をスーツケースに戻し、ふたを閉めようとしてうまくいかず、彼女の腕を取った。

「とりあえず歩道に戻ろう」

立たせようとすると、彼女は顔を上げた。涙がとめどなくあふれている。だが、アナトールの注意を引いたのは涙ではない。スローモーションのようなその一瞬に、彼の脳裏には二つの事実が刻まれた。

まず彼女は思ったよりずっと若かった。そして、泣いていても息をのむほど美しかった。

黄金色の髪、ハート形の顔立ち、青い瞳、薔薇《ばら》のつぼみのような唇……。

「無事でよかった」気がつくと、さっきよりはるかに優しい声でそう話しかけていた。

「命拾いをしたな」

「ごめんなさい！」女性があえぎながら言う。

彼は首を横に振った。「いいんだ。何も被害はない。きみのスーツケース以外は」

アナトールはとっさにスーツケースを車のトランクにのせ、助手席の扉を開けた。

「送るよ。さあ、乗って」背後に並んだ車からクラクションが鳴らされているのは百も承知だ。

断ろうとする彼女をどうにか車にのせ、彼は運転席に戻ると、エンジンをふかした。

そのときふと思った。車の前に飛びだしてきたのが彼女のような美人でなければ、ぼくはわざわざこんな申し出をしただろうか……。

「遠慮しなくていい。行き先は？」

「この先の脇道です」

アナトールは車を発進させた。依然として渋滞が続く中、予期せぬ同乗者にちらりと目を走らせる。彼女は鼻をすすり、あふれる涙を指先で拭っていた。赤信号でとまったタイミングで、彼は上着のポケットからハンカチを取りだし、涙を拭いてやった。

彼女は目を丸くし、彼を見つめている。

アナトールはゆっくり笑みを浮かべた……。

ティアは茫然《ぼうぜん》と見つめることしかできなかった。うまく息ができない。愚かにも車の前に飛びだし、運転していた男性からどなられ、泣きだしてしまった。けれど、ぼんやりしていたのは、けさ高齢の患者を看取り、母を亡くしたときの悲しみを思い出したからだ。

　そして今は、何か別の強い感情に圧倒されている。涙を拭いてくれたあと、不思議そうに見つめてくる男性から目がそらせない。

　つやのある黒髪に、彫りの深い顔立ち、目はダークチョコレートのような濃い色の瞳で、長いまつげに、高い頬骨、形のよい唇。あんなふうに片端をちょっと上げただけで、心を奪われてしまいそうになり、目のやり場に困ってしまう。でも、ずっと見つめていたい。彼はわたしが夢見てきた理想の男性そのものだから。出会えたのが信じられない……。だって、わたしはこんな男性とは縁のない、ごく限られた生活を送っているのだから。

　十代は母の看病に明け暮れ、今は病気の高齢者の介護をする日々だ。恋人とのロマンチックなデートはもちろん、ファッションや遊びを楽しむ時間の余裕も機会もなかった。恋愛は頭の中で想像するだけ。住みこみの介護士として仕事や雑用をこなすせわしない毎日、ベッド脇に座って窓から外を眺めているとき想像を巡らせるしかなかった。

　けれど今は違う。わたしの想像の世界から飛びだしてきたような男性がすぐ横にいる。白昼夢が現実になった。

　ティアがもう一度息をのむと、彼は笑みを深めた。完璧な口元にしわが刻まれるのを見て、このうえなく幸せな気分になる。

「気分はよくなった？」彼が尋ねている。

ティアは無言のままうなずいた。

そのとき、突然恐ろしいことに気づいた。彼はわたしの理想にぴったりだけれど、今のわたしは理想の自分とはかけ離れている。

目は真っ赤だし、鼻をすすり、涙がとまらない。髪もくしゃくしゃで、化粧さえしていない。それにすり切れたジーンズに、毛玉のついた着古したジャンパーを合わせている。まるでぼろ切れのよう。ああ、もう最悪……。

信号が青に変わり、アナトールは彼女に教えられた脇道へ入った。「ここからはどう行けばいい？」

目的地までもう少しあるといいのだが。彼は突然わき起こった希望をすぐ握りつぶした。

見知らぬ女性を通りで拾うのは――けっしてやましい意味ではない！――いい考えとは言えない。たとえ彼女が……。

アナトールは再び彼女を一瞥《いちべつ》した。赤い目で粗末な身なりなのに、目が離せない。

なぜこんなに美しいんだ？

アナトールはその考えを瞬時に振り払った。

何も考えるな。彼女を目的地まで送って走り去ればいい――自分自身の生活へ戻るんだ。

それが彼のやるべきことだ。とはいえ、無言のまま運転するわけにもいかない。彼女を怖がらせて、また泣かせたくない。

「驚かせてすまない」謝罪の言葉が自然と口をついて出た。「これからは絶対に車の前に飛びだしてはいけないと教えたかったんだ」

「わたしのほうこそ、ごめんなさい。それに、あんなふうに泣いたりして。あなたのせいじゃないんです！　ただ、ちょっと……あなたにどなられて――」

「動転していたんだ。きみをひいてしまったかと思って。泣かせるつもりはなかった」

彼女はかぶりを振った。「あれは違うんです――本当に。泣いてしまったのは――」

彼女は口をつぐんだ。死期の迫った老人のベッド脇で過ごした記憶がよみがえり、夢の男性との出会いの喜びなど吹き飛んだ。

「泣いてしまったのは……？」アナトールは促すように言い、もう一度彼女を一瞥した。こうして彼女に視線を向けるのが好きだった。できればもう少し見つめていたい……。

彼女の声で、彼は現実に引き戻された。

「お気の毒なミスター・ロジャーズを思ってです！」彼女が早口で答える。「わたしは介護士で、けさ彼を看取りました。とても悲しかった。高齢だったけど、悲しいことに変わりは――」彼女は声を詰まらせ、言葉を切った。「それで母を亡くしたときのことを思い出して――」

「気の毒に」アナトールはぽつりと言った。それしかかける言葉が見当たらない。「お母さんを亡くしたのは最近なのか？」

「いいえ、もう二年近くも前です。でも当時のすべてを思い出しました。わたしが小さな頃から、母はずっと多発性硬化症を患い、父が他界したあとはわたしが面倒を見ていました。だから介護士になったんです。介護の経験があるし、ほかに何もできなかったから。それに住みこみの仕事につく必要があって。わたしには住む家がなかったから――」

ティアはふいに恐ろしいことに気づき、言葉を切った。どうかしている。まったくの他人にこんな個人的な話をするなんて。

ティアはごくりと唾をのみこんだ。「仕事の紹介所へ行く途中だったんです。新しい派遣先を紹介してもらって、今夜はそこに行こうかと思って」そこで声の調子が変わった。「そんなところです――あそこだわ！」

アナトールは、彼女が指差したみすぼらしい事務所の脇に車をとめた。彼女が車からおり、事務所の扉を開けようとする。だが開かない。車からおりて彼女の脇に立つと、扉に〝本日終了〟という掲示がかかっていた。

「どうする？」彼がこわばった声で尋ねた。

彼女はぎこちない口調で答えた。「今夜は安いホテルを探します。きっと歩いて行けるホテルがあるはずだわ」

アナトールにはそうは思えなかった。彼女のスーツケースが壊れていればなおさらだ。

それとなく彼女を観察してみる。途方に暮れていて弱々しい。そして、とても愛らしい。

またしても、アナトールはふいに思い立った。頭の中では〝気は確かか？　愚かなまねはやめろ〟と、警告の声が響いている。だがその声を無視し、彼女に笑みを向けた。

「それよりずっといい考えがある。その壊れたスーツケースでは大して移動できないだろう。ましてロンドンで安いホテルを探すなんて無理だ！　今夜はぼくのフラットに泊まればいい」女性が突然おびえた目になったのを見て、彼は早口でつけ加えた。「ぼくはいないから、きみの好きに使っていい。そうすれば明日の朝、新しいスーツケースを買って紹介所に行ける。どうだろう？」

彼女は信じられない様子で、彼をじっと見つめている。「本当に？」声には疑念が感じられるが、もはやおびえた様子はない。

「ああ、本当だ」アナトールは答えた。

「なんてご親切な」かすれ声で言うと、目を伏せた。「本当にご迷惑ばかりかけて――」

「全然。それでいいかな？」

アナトールは再び笑みを浮かべた。自分の意のままに人を動かしたいときに使う、とっておきの笑みだ。今回も成功した。ためらいながらも、彼女はうなずいた。

〝いくら美人でも、見知らぬ他人にそんな申し出をするなんてとても正気とは思えない〟

頭の中の警告の声を無視し、アナトールは彼女を車にのせると、再び発進した。あとはフラットがあるメイフェアへ向かうだけだ。

さりげなく彼女の様子を確認してみる。背筋を伸ばし、両手を膝の上に置いたまま座っている。フロントガラスばかり見つめ、彼のほうはちらりとも見ない。今、自分の身に起きていることが信じられない様子だ。

アナトールは次の段階に踏みこんだ。これが現実だと彼女にわからせたい。彼自身にも。

「ちゃんと自己紹介をしようか？　ぼくはアナトール・キルギアキスだ」

自分の名前を口にするのが奇妙に思えた。ふだんはその必要がないからだ。少なくとも姓を名乗るだけで、相手はすぐに彼だと気づく。そのあと〝あのキルギアキス家の〟と周囲が目くばせし合うのが常だった。だが今回は名乗っても、いつものような反応は返ってこなかった。彼女はただこちらを見ただけだ。

「ティア・サンダースです」恥ずかしそうに答える。

「こんにちは、ティア」アナトールは低い声で言い、短い笑みを浮かべた。

ティアが頬を染め、またフロントガラスを見つめる。彼は彼女をそのままにしておくことにした。運転に集中する必要があるし、彼女にはもう少しくつろいでほしい。だがジョージ王朝様式の優雅なタウンハウスの前で車をとめ、スーツケースを持って建物の中へ入っても、ティアは緊張したままだった。

広い廊下にあるデスクで管理人に出迎えられると、彼女は体を縮めた。さらに最上階へと足を踏み入れると、大きく息をのみ、困惑した様子で叫んだ。

「ここには泊まれないわ！　汚してしまうと大変だもの！」

ティアはシルクのクッションが並べられた純白の長いソファにすばやく視線を走らせた。ソファの下に敷かれているのは、紫がかった灰色の厚い絨毯《じゅうたん》だ。大きな窓にかけられたひだをたっぷり取ったカーテンと色を合わせてある。映画のセットのような光景だった。一点の汚れもなく、どれも高級品だとわかる。

アナトールは笑い声をあげた。「コーヒーをこぼさなければいいよ」

ティアは頭を激しく振り、あえいだ。「お願い、冗談でもそんなことを言わないで！」

アナトールは真顔になり、本当に心配している様子のティアに歩み寄った。思わずあいている片手で彼女の手を取ると、慰めるように軽くたたいてやった。

「そう言えば、ぼくは死ぬほどコーヒーが飲みたい！　きみは？」

「え、ええ、ありがとうございます」

「よかった。だったら、コーヒーマシンでいれよう。だが先に部屋へ案内する。シャワーを浴びてさっぱりするといい。話からすると、へとへとに疲れているはずだから」

彼女の手を離し、壊れたスーツケースを持ち上げたとき、アナトールは思った。管理人に頼んで一時間以内に新品を買ってきてもらい、彼女の寝室へ運ばせよう。

ティアはあとからついてきた。緊張しつつも、目を見開きながらあたりを見まわしている。今までこんな建物は見たことがないかのように。いや、実際そうなのだろう。

アナトールは大きな満足感に全身を貫かれた。このホームレスのような貧しい女性に贅沢を味わわせてやるのはいい気分だった。昨夜、彼女はさぞ悲しい思いをしたに違いない。しかも両親を亡くし、末期患者の介護という痛ましくも薄給の仕事をしている。ここでの滞在を心ゆくまで楽しんでほしかった。

スーツケースをおろし、寝室と続きになった浴室を彼女に指し示すと、アナトールはキッチンへ向かった。

五分後、コーヒーができあがり、彼はソファで手足を投げだしてメールを確認していた。予期せぬ招待客が今シャワーを浴びていると考えないようにするので必死だった。

あのかわいい顔以外、ティアにはどんな魅力があるのだろう？　顔以外にも魅力がたくさんあるのではないか？　体はほっそりしているが――見た瞬間わかった――胸が小さいわけではない。というか、豊かな胸のふくらみをはっきりと見下ろせた。彼がふだん相手に選ぶ女性たちに比べると、ティアははるかに小柄だった。

それは彼自身、身長が百八十センチ以上あるからかもしれない。あるいは、彼の選ぶ女性がみんな自信に満ちて向上心に燃える——多くの面で彼と似ているタイプだからだろう。自分の価値と魅力を十分知り、世界を闊歩《かっぽ》しているロモラのような女性たちだ。

彼の表情が変わった。ティアが車の前に飛びだしてくる直前まで、ロモラとは別れようと決めていた。なのに、なぜまだ別れていない？　仕事のせいで今夜はロンドンに戻れないとメールを打てばいい。今後二人がどうなるかはなりゆき次第だと伝えればいい……。

こちらの与える以上のものを求められると、相手の女性を容赦なく切り捨てる。それが恋愛でのアナトールの流儀だ。ロモラにメールを送り、彼女の衝撃を和らげるべく、別れのギフトとしてダイヤのブレスレットを手配した。これでロモラはなだめられる。ひと安心した彼は、今夜について考え始めた。

たちまち笑みが浮かんだ。ティアにこのフラットを好きに使っていいと申し出たときからすでに、有名な絵画に描かれた《コフェチュア王と乞食《こじき》の娘》を演じる気になっている。ならば王の役になりきり、彼女に忘れられない一夜を与えたっていいだろう？　シャンパンに極上のディナー――完璧を期すんだ！

これまでの貧しい生活で、ティアが一度も体験したことのない夜を演出すればいい。

もちろん、彼はここに泊まるつもりはない――父が年間契約しているメイフェアのホテルのスイートに泊まる。

絶対にそれ以上のことは起こらない――いくらティアが美しくとも。

絶対に。彼は自分自身に厳しく言い聞かせた。

2

熱いシャワーを浴びながら、ティアは全身に喜びを感じていた。大理石の洗面ユニットに置いてあった、高価そうなシャンプーとボディソープで全身泡だらけになっている。こんな贅沢《ぜいたく》なシャワーは生まれて初めてだ。

髪と体を柔らかなタオルで包みこみ、浴室から出てくると、生まれ変わったようだった。でも何が起こったのかまだよく理解できていない。すべてがおとぎ話のようだ――息をのむほどすてきな王子様にさらわれたのだから。

彼はなんてゴージャスなのだろう！　信じられないほどゴージャスで、とても親切だ！　あの歩道に、壊れたスーツケースとわたしを置き去りにすることもできたのに。

けれど彼はそうはせず、ここにわたしを連れてきてくれた。どうして断れただろう？　今まで母やほかの人たちの面倒を見るだけの、楽しみとは無縁の閉ざされた生活を送ってきた。夢の中でしか期待できない出来事が現実に起きたというのに？

ティアは決然とした目で鏡に映る自分を見つめた。何が起きようと、今を大切にしたい。

体の向きを変え、手早く服を探そうとする。はき古したジーンズとぶかぶかのトップスより、もっとこの場に合った服を見つけなければ。もちろん、ふさわしい服などは持っていない。けれど、せめてもっとましに見える装いがしたかった。

豪華なラウンジに戻ると、白いソファの上で手足を伸ばしている彼が見えた。

上着を脱ぎ、ネクタイをゆるめ、シャツの第一ボタンをはずし、両袖を折り上げている。ああ、なんてゴージャスなのだろう！

アナトールは立ち上がって笑みを浮かべた。

「さあ、こっちに来て座って。コーヒーをいれた」

それから顎でペストリーが入った皿を示し

た。彼自身が冷蔵庫から出し、レンジで温めたものだ。先に二つ食べたようだが、まだたくさん残っている。

「ダイエットをしているのか？」彼は明るく尋ねた。「もしそうなら、きみを誘惑していることになるかな？」

アナトールが見つめる中、ティアは一瞬頬を染めた。〝誘惑〟という言葉は使うべきではなかった。彼女がペストリーのことを考えて赤面したのでないのは明らかだ。

まさか！

もしティアが誘惑を期待しているのなら、ぼくだってそうだ。否定はしない……。

彼女は着替えていた。安物の既製品には変わりないが、さっきとは見違えるようだ。インディアンプリントのふんわりした綿スカートに、青緑色のTシャツを合わせている。あのだぶだぶのジャンパーより、体の線がわかるTシャツだ。洗い立ての湿った豊かな髪を肩に垂らし、充血した目の色は消え、肌は抜けるように白い。唇は薔薇《ばら》色で柔らかい……。

少女のような印象は変わらないが、もう悲しみに暮れる浮浪児のようではない。

ティアは硬い表情のままソファに腰かけ、両脚を斜めにそろえた。アナトールがコーヒーを注《つ》ぎ、カップを手渡すと、震える両手で受け取り、礼の言葉をつぶやいた。

ティアはコーヒーをいっきに飲んだ。これ

で波立つ神経がおさまればいいのだけれど。魅力たっぷりのアナトールを見つめずにはいられない。目が合った瞬間、彼もこちらを見ているのに気づいた。

「さあ、食べて」彼が皿を彼女に近づける。

シナモンの香りをかいだとたん、ティアは丸一日何も食べていないのを思い出し、ペストリーを一つ紙ナプキンにはさんだ。

アナトールは彼女があっという間にペストリーを食べるのを見ていた。

なんて愛らしいんだ――見ているだけで息が苦しくなる。

彼は腕時計をちらりと眺めた。七時近いがあたりはまだ明るい。テラスでシャンパンを楽しんでもいい。だが、まずはディナーだ。

ノートパソコンに手を伸ばし、いつも自宅での食事に利用しているサイトを開くと、画面を彼女のほうへ向けた。「ほら、きみの好きなものを選んでくれ。ぼくが注文する」

思ったとおり、彼女は即座に首を振った。

「いいえ、そんなわけにはいきません。わたしはこのペストリーで十分です」

「だけどぼくは満足できない」アナトールは愛想よく言葉を継いだ。「見てごらん。きみがいちばん好きなのはどんな料理だ? ピザでもインド料理でも中華料理でも、ここの料理は全部おいしい。さあ、選んで」

ティアは目を丸くして画面を見つめた。メ

ニューがずらりと並んでいるが理解できない。「ぼくが選ぼうか？」彼女の困惑に気づき、アナトールは助けを申し出た。

彼女がほっとしたようにうなずく。

「何かアレルギーはあるかい？」

ティアは首を左右に振ったが、アナトールは安全なメニューを選んだ。貝やエビの甲殻類、ナッツ類はだめだ。真夜中に救急外来に駆けこんで今夜を終わらせたくない。

〝それに今考えているようなことをして、今夜を終わらせるつもりじゃないだろうな？〟

彼の良心がそんな警告の声を発している。

　画面をよく見ようと体を寄せ合っていると、ティアの体から清潔な香りが漂ってくる。手を伸ばして彼女に触れたい。巻き毛に手を滑らせ、首筋に指先を這《は》わせ、あの甘く柔らかな唇を引き寄せて……。

　アナトールは突然背筋を伸ばし、いっきに注文を入力すると、パソコンを閉じた。

　それからワインセラーへ行き、シャンパンボトルと細長いグラスを二つ手にして戻った。部屋の大きな窓を開けて外が見えるようにする。

「さあ、こっちへ来て景色を楽しんで」

　ティアは立ち上がり、彼のあとから石の手すりがついたテラスに出た。

　外に出たとたん、夕方の暖かな空気に包まれた。眼下に広がる公園の木々にはまだ陽光が差している。目に見える緑はそれだけではない。テラスには石造りの大きな植えこみの鉢がいくつも飾られていた。みずみずしい植物がオアシスのような空間を作りだしている。

「まあ、すてき!」ティアは思わず叫んだ。

アナトールは頬をゆるめた。彼女が目を輝かせる姿を見て、喜びが全身を駆け抜けていく。椅子が二脚ついた鉄製のテーブルにボトルとグラスを置いた。

「ぼくだけの緑の安息地なんだ。大都市は好きじゃない。だが悲しいことに、大都市にいなければならないことが多すぎて。だからなるべく緑のそばにいようと心がけている。屋上つきの建物が好きなのはそのせいなんだ。こういったテラスがあるから」

アナトールは心地よい音を立ててシャンパンの栓を抜き、空のグラスを彼女に手渡した。

「少し傾けて」彼はそう指示してティアのグラスを半分満たし、シャンパンをほどよく泡立てた。それから自分のグラスを満たして掲げ、彼女を見おろした。なんて小さいのだろう。どういうわけか、守ってやりたくなる。

奇妙な感じだ。今まで女性を、こんなふうに思ったことなどないのに。

「ヤマス」アナトールは言った。

ティアが不思議そうな顔になる。

「ギリシア語で乾杯という意味だ」

「やっぱり! 名前を聞いたとき、あなたは外国の方だと思ったんです。だけど――」

ティアは頬を染めた。なんてぶしつけなことを言ってしまったの? ロンドンは人種のるつぼだ。彼を〝外国人〟と決めつける理由はない。わたしと同じイギリス人なのだろう――。

「ごめんなさい。別に深い意味は――」

「いいんだ」彼は励ますように答えた。「ぼくはギリシア人だ。でも金融の中心のロンドンで仕事をすることが多くてね。自宅はギリシアにある。ギリシアへ行ったことは?」

ティアはかぶりを振った。「小さい頃、スペインに行ったことがあります。父がまだ生きていて、母が病気になる前でした」

「思い出があるのはいいことだ。特に家族と過ごした小さい頃の思い出はいい」

たしかに――そんな思い出があるといい。ぼくには何一つないが。七歳からスイスにある寄宿制の名門インターナショナルスクールに通わされ、学校の休みには友人の家で過ごしたり、アテネにあるキルギアキス家の邸宅で使用人たちに囲まれ、一人ぽつんと暮らしていた。

両親は自分たちのことにばかりかまけていた。

十代になると、伯父と過ごすようになった。父の兄のヴァシリスだ。伯父はビジネスにも財務管理にもまるで興味がない。学者肌で、図書館や美術館にこもるのが好きで、キルギアキス家の金で考古学調査をしたり、芸術活動を支援したりしている。実の弟の放蕩《ほうとう》ぶりを嫌っていたが、面と向かって批判したことは一度もない。アナトールは独身の伯父を優しいが、どこかよそよそしい人だと感じていた。とはいえ、学校のテスト勉強や大学入試のときは親身になって指導してくれた。

アナトールは次第に、伯父の思慮深さや、穏やかな良識のすばらしさを認めるようになった。

彼は物思いを振り払った。「だったら、きみの初めてのギリシア旅行に乾杯しよう――きっといつか実現する」笑みを浮かべ、グラスをティアのほうへ軽く傾け、泡立つシャンパンを口に含んだ。ティアも同じようにした。

「本物のシャンパンですか？」彼女は尋ねた。

アナトールがにやりとする。「もちろん。気に入ったかな？」

ティアは突然顔をほころばせた。「ええ、とてもすてき！」

まるで、あなたみたいに！

頬をつねったほうがいいだろうか。これは現実？

人生初のシャンパンで大胆になったのかもしれない。気がつくと、ティアは彼に話しかけていた。「信じられません。こんなに親切にしてくださるなんて！」

親切？　その言葉がアナトールの頭の中でこだましている。本当は違うのではないか？　ぼくは信じられないほど向こう見ずで、身勝手な男なのではないか？

アナトールはまたグラスを掲げた。今そんなことはどうでもいい。目の前にいるかわいい女性のことだけを――若々しくて初々しい、自然な魅力にあふれた彼女のことだけを考えていたい。

彼女はぼくの気を引こうとしない。目を合わせようとしないし、何も尋ねてこない。

アナトールは表情を和らげ、口元にからかうような笑みを浮かべた。「さあ、飲んで。ボトル一本あるから！」

テイアはシャンパンを味わいながらあたりを見まわし、近隣の家々の屋根を眺めた。

「ここが屋根裏部屋だった時代も、そこに住んでいた使用人たちはこんな絶景を楽しめたんですね。そう考えるとなんだかわくわくします」

この建物につけられた巨額の値段を思い出し、アナトールは笑い声をあげた。「そんな時代が過ぎ去ってよかった。屋根裏に住んでいた時代より、ここのスタッフの給料はずっといいから」

アナトールは心の中でつけ加えた。介護士のきみよりもずっといい給料のはずだ……。

彼はシャンパンをさらに飲み、二人のグラ

スに新たに注いだ。「きみはこの先どんな仕事がしたい？　介護の仕事が大切なのはわかっているが、永遠にしたいわけじゃないだろう？」

　そう尋ねながら彼はふと気づいた。ティアのような経歴の女性に出会ったのは初めてだ。これまで出会った女性たちは輝かしい経歴の持ち主か、巨額の資産を持つ令嬢かのどちらかだった。貧困にあえぎ、必死に働くこの悲しい女性とはまるで違う人種ばかりだ。

　ティアはふいに気まずさを覚え、唇を噛《か》んだ。「母の介護でわたしは学校を休みがちで、大学にも行けませんでした。給料を貯金していますが、いまだに家さえ借りられません」

「助けてくれる家族はいなかったのか？」

　ティアはかぶりを振った。「父と母、わたしの三人だけでした」

　そして彼をじっと見つめた。シャンパンのおかげで少し大胆な気分になっている。

「あなたは？　ギリシアなら大家族では？」

「うちは違う」アナトールはかすかに笑みを浮かべ、短く答えた。「ぼくも一人っ子なんだ。両親は離婚して、どちらも今では再婚している。会うこともほとんどない」

　彼も親も合意の上でそうしている。キルギアキス家が顔を合わせるのは年一度の取締役会だけだ。株主全員と彼と両親、伯父、遠縁の者数人が出席する。彼らは全員、優れた商才の持ち主のアナトールが、一族にどれだけ巨額の利益をもたらしたか知るのを楽しみにしている。

「まあ」ティアは同情するように言った。「それは残念ですね」

彼女はふいを突かれた。こんな理想的な男性が家族関係に問題を抱えているなんて。これほど豪華な家に住み、極上のシャンパンを飲んでいたら、一般人みたいな悩みなどないと思っていたのに。

アナトールはまたかすかに笑みを浮かべた。

「そうでもないさ。慣れているから」

なぜ家族の話などしたのだろう？　女性相手に話したことなど一度もないのに。彼は腕時計を一瞥《いちべつ》した。そろそろ中へ入ったほうがいい。もうすぐディナーが届く。それに家族については考えたくない。というか、家族との縁が薄いのが気になっている。伯父のヴァシリスは優しく接してくれるが、彼は自分だけの世界に住んでいる。書物に囲まれ、芸術活動を支援することで満足しているのだ。

アナトールはティアと一緒に部屋に戻った。いつしか窓の外は薄暗くなっている。テラスの照明をつけると、緑の庭園が浮かびあがった。

「すてき！　妖精の国みたい！」

なんて子供っぽいの。ティアは恥ずかしくなったが、彼は楽しげに笑い声をあげている。

ディナーが届けられてから五分後、アナトールはティナとともに食卓を囲み、一皿めを口にした。白身魚のテリーヌだ。

「おいしい！」ティアは顔を輝かせた。

鶏《とり》肉のクリームソース煮を食べたときも、彼女は同じ反応だった。小さな新ジャガと新鮮なサヤインゲンを添えただけだが、美味だった。

アナトールが笑みを浮かべる。「さあ、どんどん食べて」

少しずつではなく、たくさん食べる女性を見るのは気持ちがいい。それに食事をしながら彼女が手放しで喜ぶ表情を見つめられるのも最高だ。彼はまた彼女のグラスにシャンパンを注いだ。

気をつけろ。頭の中で警告の声がする。彼女にあまり飲ませるな。限度を考えるんだ。

自分の限度も考えろ。今夜はホテルに戻らなければならない。それでも、今はまだいい。このときを思いきり楽しみたい。

アナトールは上機嫌だった。意識的に明るい会話を心がける。話しているのはほとんど彼だが、ティアを会話に引き入れることも忘れない。彼女に居心地のよさを感じてほしい。

「休暇でギリシアに行くとしたら、何をしてみたい？　ビーチでくつろぐか、観光に出かける？　本土にも島にも見どころがいっぱいある。古代史が好きならギリシアほどうってつけの場所はない。保証するよ！」

「古代史の知識なんてありません」ティアは頬を染めて答えた。

　教養のなさを思い知らされ、彼女は居心地の悪さを感じた。このうえなく幸せな気分でいたのに、こんな現実に邪魔されるなんて。この瞬間がはかない夢のように思えてくる。

「パルテノンは知っているかい？」

ティアは顔を曇らせた。「神殿ですか？」

「ああ、アテネのアクロポリスの丘にある世界一有名な神殿だ。長方形の廃墟《はいきょ》のまわりを背の高い石造りの柱がたくさん囲んでいる」

「写真で見たことがあります！」ティアは答えが合っていたのでほっとした。

「それはよかった」アナトールは笑みを浮かべ、神殿にまつわる旅行者向けの情報を教えると、祖国にあるほかの名所旧跡の説明を続けた。

　ティアがすべて理解しているかどうかはわからない。彼女は青い瞳を見開いて彼を見つめているだけだ。彼もそれを楽しんでいる。特に視線を合わせた瞬間、彼女が頬を染め、急いでシャンパンの隣にある冷えた水のグラスに手を伸ばしたから、なおさらだった。

　最後の一品――空気のように軽いメレンゲのスイーツ、パブロバに合わせて、アナトールは甘いデザートワインを開けた。ポートワインよりも彼女の口に合うと思ったからだ。

思ったとおり、彼女はおいしそうに飲んでいる。

パブロバを食べ終えると、アナトールは立ち上がり、デザートワインを取ったときにセットしたコーヒーを注いだ。ソファの脇にあるコーヒーテーブルにカップを置く。

彼は片手をティアのほうへ伸ばした。「さあ、ここに座って」

食卓から立ち上がったとたん、ティアは突然気づいた。頭がふらふらする。あの高価なシャンパンをどれくらい飲んだのだろう？ はじける泡が全身を駆け巡り、ふわふわした気分だ。うまく息ができない。だけど気にしない。おとぎの国にいるみたいなこんな夜は、もう二度と体験できないのだから！

ティアは満足げなため息をつくと、デザートワインを片手に、綿のスカートの裾をひるがえしてソファに沈みこんだ。

アナトールが隣に座った。「ゆったり過ごそう」穏やかな声で言い、テレビのリモコンのスイッチを入れる。

彼はコーヒーテーブルに片足を上げ、ソファの背にネクタイをかけた。のんびりしたい気分だ。シャンパンと甘いワインがほどよくまわって心地よい。ティアもそうだといいのだが。ぼくがホテルに戻る前のひとときを、くつろいで過ごしてほしい。

ホテルに電話をしたほうがいいだろうか？

いや、わざわざ電話するまでもない。彼がテレビのチャンネルを次々と変えていると、ふいにティアが叫んだ。「わたし、この映画が大好き！」

よくできた恋愛コメディだ。彼も見ていて楽しくなった。ティアがスカートの下で素足を丸めてクッションにもたれ、画面を見つめている様子を見ていると幸せな気分になる。

どの時点でだっただろう？　彼が再びティアのグラスを満たし、体を寄り添わせたのは？　両脚を伸ばし、片腕をソファの背にかけた瞬間、指先が彼女の肩をかすめたのは？

彼女の肩のまわりで跳ねている巻き毛を指先で、もてあそび始めたのは？　今夜はここ以外どこにも行きたくないという気持ちを、ついに認めたのは？

彼の頭の中で、警告と注意を告げる良心の声が完全にかき消されてしまったのは……。

映画は感動のラストを迎えた。ヒーローがヒロインを両腕ですくい上げ、彼女の顔に愛情たっぷりにキスをすると、音楽とともにタイトルクレジットが流れ始めた。ティアは幸せそうなため息をつくと、空になったグラスを置き、アナトールを見上げた。

ティアの全身には、めくるめく熱い思いが渦巻いていた。シャンパンもワインも食事も、とてもおいしかった。こんな最高のディナーは初めて。それもキャンドルがともり、優しい音楽が流れる中、王子様と一緒にいるなんて。

幸せで全身がとろけそうになり、ティアは目を輝かせた。この恋愛映画は彼女のお気に入りだ。ため息をつきながら何度も見た。だけどどうだろう。今は信じられないほどハンサムな男性がすぐそばにいる。これは夢でも空想でもなく、現実なのだ！　男の人――まして、こんなおとぎ話の主人公のような男性にこんなに近づいたことはない。

おとぎ話がどんな結末を迎えるかは知っている。王子様がヒロインにキスをして……。

興奮と戸惑い、そして希望を感じながら、ティアは瞳をきらめかせ、アナトールを見上げた。彼女が恋い焦がれ、夢見たものすべてを象徴している理想の男性だ。

彼はティアを見おろしている。輝く濃い色の瞳、長いまつげ、形のよい唇。なんて美しいの。それになんてセクシーなのだろう。

そう考えただけで体が熱くなった。思わず息をのみ、ティアは目を見開いて彼を見上げた。

アナトールは彼女を見おろした。愛《いと》おしさがこみ上げてくる。顔も、華奢《きゃしゃ》な肩のあたりにうねる金髪も、Ｔシャツ越しにわかる胸のふくらみも、開かれた柔らかそうな唇も。見開かれた青い瞳には、彼女が求めているものがはっきりと表れている。

永遠とも思えるほど長い一瞬、アナトールは動けずにいた。頭の中で相反する二つの考えがせめぎ合っている――次に何をしたいか、次に何をするべきか。

彼はためらっていた。次に何をしたいかは、絶対にするべきでないことだとわかっている。ここは体を引き、彼女から離れたほうがいい。立ち上がって距離を置くんだ。今すぐそうしなければ――。

そのときティアが片手を上げ、震える指先で彼の顎の先に触れてきた。だがほんの一瞬だ。彼女自身、自分のしていることが信じられない様子でいる。瞳いっぱいに憧れの表情を浮かべ、吐息まじりに彼の名を呼んだ。唇を開き、目を半分閉じている。彼に恋い焦がれ、彼を待ちわびているかのように。

アナトールはわれを忘れた。最後の良心も正気もいっきに吹き飛んだ。

彼はティアに体を寄せた。片手を彼女の首筋にかけ、もう一方の手を柔らかな頬に滑らせ、指先で優しく髪をすくと、両手で彼女の顔を包みこんだ。ティアは目を見開いている。瞳に宿るのは星のようなきらめきだ。彼はその輝きになすすべもなく引き寄せられた。

彼女の全身に視線を這わせると、脈拍がいっきに速まった。なんて女らしい体つきだろう。ティアはぼくにキスしてほしいと望んでいる。彼女の目を、開かれた唇を、激しく脈打つ白い喉元を見ればはっきりわかる。

アナトールは目を伏せ、ティアに口づけした。彼女はベルベットのように柔らかく、甘いワインの味がする。探るような舌の動きで温かな唇を開かせると、彼女は小さくあえいだ。そのあえぎに脈拍がさらに跳ね上がり、興奮に全身を貫かれる。

唇のあまりの柔らかさに、彼は思わずキスを深めた。片手をティアの肩に滑らせ、体を彼のほうへ向かせて、しっかりと引き寄せ、体を重ね合う。

再び彼女のあえぎを聞き、アナトールの興奮はいやおうなくかきたてられた。彼女の名を呼び、いかに美しく愛らしいかを口にする。たとえギリシア語で話していたとしても気づかなかっただろう。今わかるのは、全身を巡るワインの酔いと神経の末端にまで行き渡る刺激、そしてこの腕の中にいる女性がほしいという欲望だけだった。

彼女もぼくを心から求めている。

ティアの柔らかく、しなやかな体がそう告げている。胸のふくらみが突然こわばり、彼の手の下でその頂がとがっている。

アナトールはキスを片時もやめようとせず、片手を彼女の胸のふくらみに滑らせた。たまらずあえいだティアが目を閉じ、まぎれもない歓《よろこ》びの表情を浮かべている。彼はしばし唇を離し、その表情をじっと見つめると、今度は彼女の頬骨に唇を滑らせ、柔らかな耳たぶを甘く噛んだ。

アナトールはティアの胸から手を離し、今度は彼女の体の脇から太腿へと滑らせた。スカートをたくし上げ、指先で素肌を愛撫《あいぶ》すると、彼女は太腿をすり寄せ、再びあえいだ。

彼の全身にも興奮の波が押し寄せている。

彼の内で欲望が燃え上がり、あまりの強烈さにあらがえない。

だが抵抗しなければ。あまりに強烈すぎて、性急すぎる。このたぎるような欲望を抑え、体を離さなければ。

彼は高鳴る胸の鼓動を無視し、どうにか体を引きはがした。

「ティア――」アナトールはかすれる声で言い、彼女を制するように片手を上げ、体をさらに引いた。

驚いたことに、ティアは苦悶《くもん》の表情を浮かべている。

「わたしが……ほしくないの？」彼女は困惑したようにささやいた。

アナトールは低くうなった。「ティア、こんなことはぼくにはできない。正しいことじゃない。こんなふうにきみにつけこむなんてできない！」

「あなたはつけこんでなんていない！　お願い、わたしがほしくないなんて言わないで！　そんなの、耐えられない！」

ティアは片手で口元を覆い、ひどく苦しげな表情を浮かべた。息遣いが速くなり、胸が苦しい。それに打ち捨てられたような悲しみと寂しさを感じている。

アナトールは両手で彼女の顔を包みこんだ。

「ぼくだってきみがほしい。だが――」

だが、このフラットには寝室がいくつかある。今夜は別々の寝室でやすまなければならない。どうしてもだ！　そうしなければ……。

ティアはまた顔を輝かせた。「だったら、お願い……。今夜はあなたと信じられないほどすてきな時間を過ごした！　楽しかったし、すばらしかった。人生でこんな幸せな体験をしたのは初めてなの。あなたのような人には二度と会えないと思う。それにこんな……このすべてが……」

ティアは身ぶりで室内を指し示した。照明が優しい光を放つ中、空のシャンパンボトルがのったダイニングテーブルではキャンドルがまだともっている。背後にあるテラスも照明の輝きに満ちていた。

「こんなことは、もう二度と体験できない」

ティアは口元を引き結び、唇を震わせた。

「だから、どうしても体験したいの」かすれる声で言い、すがるような目をして彼の腕にしがみつく。彼を取り戻すかのように。「お願い！　どうかわたしを拒まないで――どうかお願い！」

またしてもアナトールはわれを忘れた。拒みたくないと思っている相手を、拒めはしない。拒むなど耐えられない。彼はティアの体を引き寄せ、甘い唇を再び味わい始めた。彼女はすぐに唇を開いた。彼のキスを待ちわびていた思いが伝わってくる。

ティアはこれを求めている。ぼくと同じくらい熱く。知り合ったばかりでも、ぼくの彼女に対する欲望はとどまるところがない。ぼくを求める彼女の気持ちもそうなのだ。ならば……。

アナトールは低くうなり声をあげると、両腕でティアを抱きかかえて立ち上がり、運び去っていく。

彼は来客用の寝室ではなく、自分自身の主寝室に入ると、ベッドカバーをめくり、冷たいシーツの上にティアの体をそっと横たえた。彼女が彼をぼんやりと見上げている。唇はぷっくりとふくらみ、硬くなった胸の頂がくっきりとTシャツを突き上げている。

彼女の服をすべてはぎ取りたい。ぼくのものだ。二人のあいだを邪魔するものすべてを取り払いたい。このかわいい女性がほしい……今すぐに……。

3

ティアは彼を見上げた。信じられないほど魅力的なアナトールのせいで理性が働かない。全身が炎に包まれたようだ。興奮をあおられ、やむにやまれぬ衝動に突き動かされている。両腕を伸ばし、彼を求めずにいられない。たくましい腕の中に抱きしめられ、口づけされたい。巧みな愛撫《あいぶ》でわれを忘れるほど歓《よろこ》びを感じたい。この身を彼にまかせたい。

アナトールが服を脱いでいる。シャツの下からたくましい胸が現れた瞬間、ティアは目を見開いていた。彼がベルトに指をかけ、ズボンを脱ぐ……。

ティアは小さく声をあげ、枕に顔をうずめた。ふいに恥ずかしさに襲われる。こんな体つきの男性がこの世にいるなんて。彼の存在そのものが突然生々しく感じられた。

マットレスが沈んだと思ったら、隣に彼が横たわって何かささやき、片手をティアの頬に当て、顔を向き合わせた。その目に宿っていたのは、燃えるように輝く炎だ。

これから何かが起こる。どうしても起きてほしい。今すぐに。ティアは心からそう望んでいた。

ノーなんて言えない。言いたくない。

目を閉じると、唇に彼の唇を感じた。ごく軽いキス。彼の両腕が腰にまわされ、あっという間にTシャツを頭から脱がされた。キスは中断することなく、ブラがはずされ、どこかへ放り投げられた。スカートとショーツも。

アナトールは体を離し、片手をティアの髪に滑らせると、枕の上に金色の髪を炎のように広げた。「きみは本当に美しい」

ティアは何も言えず、ただアナトールを見上げ、心の中で彼と同じ言葉を繰り返していた。彼はなんて美しいの！　濡《ぬ》れたような黒髪、彫りの深い頬骨、見つめるだけで溺れそうな深みのある瞳。両手を掲げると、指先に彼の引き締まった体が触れた。

ティアは指で彼の体のあらゆるラインを、あらゆる筋肉をたどり始めた。手の感触から彼が体に力をこめ、全身を震わせているのがわかる。彼の唇がまた下りてきた。

飢えたように、キスをむさぼる。

そして彼女もまた渇望を感じている。魅力たっぷりのこの男性に抱きしめられ、口づけされ、愛撫されたい。そんな本能的な欲求に圧倒されそうだった。体を弓なりにして彼にぴたりと身を添わせる。全身の血がたぎり、五感が熱く満たされ、燃え上がる炎に包まれたようだ。こんな情熱があるなんて思ってもみなかった。今すぐ彼に抱いてほしい。こんな切羽詰まった気分は初めてだった。

ティアは彼にしがみつき、本能的に腿を開いた。彼のつぶやきが聞こえたけれど、何を言っているかわからない。

アナトールはまたキスを始め、ティアの腿のあいだに身を割りこませた。彼のヒップが動いて、彼女をとらえた瞬間――。

痛い！　刺すような痛みがティアを襲った。

彼女が泣き声をあげ、凍りついた。アナトールもまた身をこわばらせ、何が起こったのかを見て取り、衝撃を受けて声をあげた。

彼が体を上げて離すと痛みが消えた。ティアが両手を伸ばし、頭を上げて再び口づけをしようとする。だが彼は体を離したままだ。

「まさか――気づかなかった」

ティアは彼を見上げることしかできずにいた。ふいにみじめさに襲われる。

「わたしがほしくないの？」今はそれしか言えない。彼の拒絶に遭い絶望的な気分だった。

「ティア……ぼくが初めてだったのか――」

彼女は両手を彼のむきだしの肩に押し当てた。「わたしが望んだの！　あなたしかいない！　どうかお願い」

アナトールの心は激しく葛藤していた。もちろん彼女がほしい。それでも――。

だが彼女は全身をぴたりと押しつけている。胸を彼の胸板に重ね、ヒップを突き上げている。所有し、所有されることを望む女性が、男性を誘う古来からのやり方だ。

「お願い」彼女は低くかすれた声で懇願した。「お願い、あなたのことが本当にほしい」

ティアは片手を彼の後頭部に滑らせ、顔を引き寄せると唇を触れ合わせた。

彼女の舌先で口を開けられ、アナトールは低くうめいて、内心の葛藤を放棄した。もう欲望に屈するしかない……彼女をぼくのものにする。

目覚めると朝だった。窓から夜明けの光が差しこんでいる。アナトールに腕枕をされながら、ティアは物思いにふけっていた。もう痛みはない。アナトールは彼女を繊細な磁器のように優しく扱ってくれた。こうして腕枕をされていると、痛みなどどうでもよくなる。

ティアが笑みを浮かべて見上げると、アナトールは黒い瞳で彼女の顔を見つめ、自由なほうの手で金色の巻き毛をもてあそび、親しみと愛情のこもった笑みを返してきた。

ティアの全身に幸福感が広がっていく。

「仕事に戻らなければいけないのか？」アナトールが唐突に尋ねた。

意味がわからず、ティアは少し眉をひそめた。「紹介所が開くのは九時です」

アナトールはかぶりを振った。「いや、きみの次の仕事はどうなっている？　もうほかの誰かを介護する予約が入っているのか？」

ティアはさらに眉をひそめた。彼は何を言いたいのだろう？

アナトールは指先でティアの髪をすくと、彼女の顔を探るように見つめた。「きみを行かせたくない。ぼくと一緒にいてほしい」

彼女が青い瞳を見開くのを見て、アナトールは自信たっぷりに笑みを深めた。「今週仕事でアテネに行く。一緒に来てくれ」

〝一緒に来てくれ〟

アナトールの頭の中でその言葉がこだました。ぼくは本気だ。ぼくが望んでいるのは、この関係の終わりではなく継続だ。

ティアを行かせたくない。一緒にいたい。

ぼくが何を望んでいるかは疑いようもない。

「本気ですか？」

「ああ、これ以上ないくらい」彼はティアの体を引き寄せ、笑みを向けた。「一緒に来てくれないか」

アナトールの真意がわかると、ティアは太陽のような笑みを浮かべた。

「ええ、もちろん、イエスです！」

彼は笑い声をあげた。ノーと言われる可能性はまるで考えていなかった。ノーと答える必要がどこにある？ 昨夜はティアにとってすばらしい一夜だったに違いない。彼女の未経験な体を興奮のきわみまでいざない、われを忘れさせた自信がある。情熱的なセックスのあと、消耗しきった彼女の甘く熱いまなざしを見ればよくわかった。

　その確信が事実だという証拠がほしいなら、今のティアの表情を見ればいい。なんと優しい顔をしているのだろう。彼女の心の温かさがこちらにまで伝わってくる。

　アナトールの唇がまたティアの唇に触れた。まだ眠いのに、体がはっきり目覚めてくる。アナトールは彼女の興奮を高めながら、キスを深めていった。ティアに優しくしなければ。慎重なくらいがちょうどいい。初めて結ばれて、彼女の体は劇的な変化をとげたのだから。

　ティアの探るような指先を体に感じ、彼はあまりの愛《いと》しさに、さらに興奮をかき立てられた。

心の奥深くにとめどない喜びを覚えながら、アナトールは再び愛撫を始めた。

　アテネ行きまでの数日間、ティアはおとぎの国へといっきに運ばれたような気分だった。

　ほかにどんなたとえようがあっただろう？　彼女をここへ運んでくれたのは、ありえないほど魅力的な男性だ。アナトールは彼女の人生に魔法をかけ、輝きを与えてくれた。

　最初の朝、もう一度愛し合ったあと――なぜあんなふうに感じたのだろう？　あれほどの歓びがあるなんて思ってもみなかった。朝の明るい日ざしの中で、二人はテラスで朝食をとった。

それから高級デパートに連れていかれ、数時間後に出てきたときは、デザイナーズブランドの服が入った紙袋を数えきれないほど抱え、新しい髪形とメイクになっていた。そんな彼女を見るとすぐに、アナトールは勝ち誇ったような笑みを浮かべたのだ。

〝ほら、似合う服や髪形にすれば、きみはずっとすてきになるとわかっていた！〟

その瞬間、アナトールはティアの全身に視線を這《は》わせた。彼女は喜びに頬を染めている。

ぼくは正しいことをした。やるべきことを。

そんな確信に満たされる。道路で驚くほど美しいこの女性を拾い、ぼくの人生に関わらせたのは、とても正しいことだったのだと。

ティアをアテネに連れていくのは手始めにすぎない。

彼は——というか、彼の会社はティアのためにパスポートを取得し、無事飛行機に乗りこませた。もちろんファーストクラスだ。

フライトのあいだ、ティアは彼の隣でシャンパンを飲み、窓の外を茫然《ぼうぜん》と眺めていた。

アテネに着き、アナトールが運転手つきの車に向かわせたのは彼のアパートメントだった。キルギアキス家の邸宅よりも、自宅のほうがずっといい。アクロポリスの絶景が眺められるからだ。

「パルテノン神殿は絶対に見ておくべきだと言っただろう？」彼はからかうように笑い、

自宅のどこからでも見える有名な遺跡を指し示した。「オスマン帝国が火薬庫に使い、爆発したせいで最高の形とは言えない。とはいえ、よく保存されていると思う」

「オスマン帝国？」

「十五世紀にギリシアを征服したトルコ人たちのことだ。ギリシアは彼らから自由を取り戻すのに四百年もかかった」

ティアは不安げに彼を見た。「アレクサンダー大王のこと？」ギリシア史でも有名な人物の名前をためらいがちにあげてみる。

アナトールは口元をゆがめた。「それは二千年も前のことだ。アレクサンダーの時代はギリシアがローマ人に征服される前だ。ギリシアが独立したのは十九世紀になってからだった」彼は彼女の手を軽くたたいた。「心配しなくていい。ギリシアには膨大な歴史がある。そのうち覚えるこつがつかめるさ。ここにいるうちにパルテノン神殿へ連れていく」

だが彼は約束を果たせなかった。代わりに仕事上の必要があり、ヨットを借りて彼女をエーゲ海のクルーズに連れていったのだ。

キルギアキス家のヨットは父親に独占されて使えなかったが、アナトールが借りたヨットのほうが豪華だった。夕日に向けて船を出すと、ティアはぽかんと口をあけ、驚きに目を見開いた。

「ヨットにヘリコプターがついている！　そ

れにプールも！」

「雨に備えて室内にもプールがある」アナトールはにやりとした。「裸で泳げるよ！」ティアが頬を染めるのを見て、彼は愛おしいと思った。彼女のすべてが愛おしくてたまらない。ただ、知り合って二週間も経《た》つのに、ティアはまだ純情な少女のように内気だ。

それでも――船のクルーたちに甲板の下にいるように命じたうえで――星空の下で、アナトールと一緒に泳ぐのは拒まなかった。それに水の中で愛し合うのも。彼に体を持ち上げられて一つになると、ティアは頭をのけぞらせて、抑えた叫び声をもらした。

彼らは十日間、エーゲ海を周遊した。小さな島々を訪れ、海辺をそぞろ歩き、港のレストランで昼食を食べたり、車で出かけてオリーブの木々の下で、セミの鳴き声を聞きながらピクニックを楽しんだりした。

ささやかな喜びだ。女性とこれほど心穏やかな時間を過ごしたのはいつ以来だろう？アナトールにはわからなかった。だがこれまで出会った中で、ティアほどあらゆることに感動する女性がほかにいないのは確かだった。

彼女はすることなすことすべてに興奮を覚えている。青い海面をかすめて走る小型ヨットにも、人けのない島の小さな洞窟にも。洞窟では焼きたてのパンとオリーブ、熟れた桃を昼食として楽しみ、砂浜で愛し合ったあと、波で体を洗い流した。また今日のように、キールロワイヤルを飲みながら沈む夕日を眺め、港に停泊中のヨットへ戻り、スタッフの行き届いた給仕でフルコースのディナーをアッパーデッキで楽しんだりもする。スピーカーから音楽が流れる中、ヨットがゆっくりと進み、やがて顔を出した月の光で水面が染まる様子を見て楽しむのだ。

キャンドルのあかりの下、ティアはダマスク織りのテーブルクロスの向かいにいるアナトールを見つめた。

「信じられない。こんなにすばらしい休日があるなんて！」彼女が吐息まじりに言う。

アナトールはティアの顔に視線を這わせた。なんて愛らしいのだろう。日焼けした肌は黄金色に輝き、髪の色は太陽の光よりも薄くなっている。彼はたちまち欲望が渦巻くのを感じた。ティアといると心地よい。ぼくの人生に彼女がいてくれると思うとよい気分になる。

「パリに行ったことは？」

ティアは首を左右に振った。

アナトールが笑みを深める。「仕事で行かなくてはならない。きみも気に入るよ」

いい気分だった。ティアを光の都パリへ連れていく最初の男になれるのだ。このクルーズもそうだが、ぼくの贅沢《ぜいたく》な暮らしを心から楽しむ彼女を見るのは実に気分がいい。ぼくが与えたものすべてに、彼女は目を丸くし、息をのんで、感謝の念を表そうとする。

まさにコフェチュア王だ。

それに彼自身、この状況を心から楽しんでいる。ティアにこれまでの貧しい生活では味わえなかった贅沢さや特別な楽しみを与えるのは、当然彼女を思ってのことだ。だがティアのためだけではない。正直に言えば、彼自身のためでもある。あがめるように熱っぽく見つめられるのはいい気分だ。温かな気持ちになる。

愛を感じる。

そう考えたとたん、アナトールは何も考えられなくなった。顔色を変え、今浮かんだ言葉を否定しようとする。

ぼくはティアの愛情など求めていない。

もちろん、そうだ。愛などという複雑な感情はいらない。ぼくたちはただ関係を楽しんでいるだけだ。これまでの女性たちと同じように、やがて自然ななりゆきで、ティアとも別れるようになる。

それまでは――ぼくが知るどの女性とも違うティアとのつきあいを楽しみたい。

心配なのは、旅行中に人前に出ると、ティアが気詰まりな様子を見せることだ。裕福で洗練されたコスモポリタンたちの中で、ついていけないなどと彼女には感じてほしくない。だからティアがくつろげるよう最善を尽くしている。だが彼女はいつも黙っている。

ふと不安がよぎった。コフェチュア王の華麗な生活に引き入れられたあと、どんな気持ちか物乞いの娘に尋ねた者はいただろうか？

それでも、二人きりになると、ティアは目に見えてくつろいでいる。心を開いてよくしゃべるようになり、心穏やかな様子だ。そしてぼくのことを絶えず心から求めている。

急いで別れる必要はない。

いや、本当に別れられるのか？　アナトールはそんな疑問を振り払った。そのときがいつか来ても、今ではない。別れる日までこの関係を、ティアを心ゆくまで楽しめばいい。


ティアは寝室と続きになった豪華な浴室で、鏡に映る姿を眺めた。アナトールとつきあい始めて数カ月のうちに、数多くの美しいドレスを買ってもらった。今身につけているドレスもそうだ。アナトールの気前のよさには困惑しているけれど、それでも贈り物を受け取るのは、自分の安物の既製品では彼の知り合いと釣り合わないからだ。

この豪華な服は全部わたしのものじゃない！　これを奪われるときがくるなんて――。

ティアはそれ以上考えないようにした。そのときのことは考えたくない。アナトールと過ごすこの幸せな時間を台なしにしたくない。

アナトール！　彼の名前を思い出しただけで頬が染まり、目に輝きが戻る。彼はなんてわたしによくしてくれただろう！　彼のことを考えるたび心臓の鼓動が速くなり、彼を見るたび、見つめられるたび、全身が炎に包まれたようになる。

　ティアは顔色が変わるのを感じた。

　気をつけて！　気をつけなくてはだめ。この関係は終わるしかない。おとぎ話の黄金が夜明けには消えてなくなるように。それはわたしにとって耐えがたい終わりになるはず。

　でももっと悪いのは――ティアの瞳に陰りが増し、血管の血が凍りつくようだ――さらにもっと悪いのは、アナトールに抱いてはいけない感情に溺れてしまうことだった。

　わたしは心ひそかに、アナトールを永遠につなぎとめておける出来事を望んでしまっている……。

　アテネに戻り、アナトールは緊張した面持ちだった。キルギアキス・グループの取締役会が迫っている。いつもこの時期の彼は不機嫌だった。両親はもっと金をくれとうるさくせがむ――テーブル越しに互いをののしり合いながら。唯一の慰めは、冷静な伯父のヴァシリスの存在だろう。

　取締役会の準備のため、キルギアキス社の本社に長時間こもり、財務部長と年次報告書の数字の検討に追われている。最近はティアと過ごす時間が取れていないが、アナトールは彼女が何か悩んでいると気づいていた。

ただ、それが何か確かめる時間がない。いまいましい取締役会が終わったら休暇を取り、ティアをどこかに連れていこう。そう考えると元気がわいてくる。だが目前に迫る試練を思うと、表情が晴れることはなかった。

そして迎えた当日、アナトールは朝食をとりながら、午前中の取締役会のために準備してきたことを頭の中でもう一度確認した。

毎年、彼の家族は取締役会のあと、当然のように贅沢なランチを期待している。父が滞在するお気に入りのアテネ屈指のホテルで食事をするのが常だ。もちろん母は同じホテルに宿泊したことが一度もなく、そことライバルの豪華ホテルに滞在する。二人とも金を湯水のように使い、すべて経費で落とす。アナトールはそれを快く思っていなかった。

それでも、両親は自分の思うとおりにしなければ気がすまないタイプだ。アナトールにできるのは、両親と現在の伴侶たちが贅沢三昧をするのを、歯を食いしばって耐えることだけだ。正直言えば、彼が本当に会いたいのはヴァシリスだけだった。伯父は今トルコに夢中で、中東の戦火から古代の遺物を守ろうとする博物館を支援している。

アナトールは、取締役会の翌日のランチにヴァシリスを招いていた。学者肌の伯父とティアでは話が合うはずもないが、優しい伯父なら彼女を怖がらせないだろうと考えたのだ。

彼はオレンジジュースに伸ばした手をとめた。ティアがこちらを見ている。コーヒーカップの持ち手に神経質に指先を絡め、これまで見たことのないような表情を浮かべていた。

「どうした?」

ティアは答えず、はっと息をのんだだけだ。青白い顔でまたカップの持ち手に指を絡める。

「ティア?」アナトールが促すように尋ねる。とげのある声だっただろうか? そんなつもりはなかったが、もう出かけねばならない。今日は時間との勝負だ。だがティアの顔がさらに青ざめたことから察するに、やはり彼の声にいらだちが感じられたのだろう。

「話してくれないか」アナトールは彼女と視線を合わせた。

ティアの悩みがなんであれ、あとで一緒に対処すればいい。今は慰めの言葉をかける程度の時間しかない。彼はオレンジジュースを置き、辛抱強く待った。ティアは苦しげな目で、再び息を吸いこんでいる。話したくない話題なのは明らかだ。

ティアがおずおずと口にした言葉を聞き、彼はようやく理由がわかったが、たちまちみぞおちを殴られたような衝撃に襲われた。

「わたし……妊娠したかもしれない……」

4

クリスティンは車からおりた。脚が震えてしまい、どうやって家の中へ入ったのかわからない。

「ご立派な葬儀でした」そう出迎えてくれたのは、ひと足先に教会から戻っていた家政婦のミセス・ヒューズだった。

クリスティンはごくりと唾をのみこんだ。

「ええ、ご親切に。牧師様は英国国教会の方なのに、ギリシア正教だった夫の埋葬を許してくださって」

ミセス・ヒューズは同情するようにうなずいた。「どんなふうに天国の扉をくぐろうと、神は旦那様を喜んでお迎えになるはずです。本当にいい方でしたから」

「ありがとう」

喉が締めつけられ、涙が出そうになりながら、クリスティンは自分の居間へと入った。

彼女も今では、壁紙の薄黄色と緑の格子模様がシノワズリーだと知っている。それに家にあるアンティーク家具の年代も、壁にかけられた絵画を描いた巨匠たちの名前も、ヴァシリスがアテネから若い妻とここへ移る際、大切に運ばせた古代の遺物のテーマや年代も。

この優美なアン女王朝様式の家は、サセックス郊外の中心部にあった。ヴァシリスは、彼の若い妻との結婚に衝撃を受け、激怒した親族たちから遠く離れようとして、この静かで美しい家を購入した。そして、ここで人目を避けるようにして暮らし、ついに息を引きとった。

　クリスティンは目に涙をためて部屋を横切り、フレンチドアから芝生を眺めた。庭園はそう広くないが、緑に縁取られていて落ち着ける。ふいにアナトールがロンドンの自宅で照明をつけ、テラスの緑が映しだされた瞬間を思い出した。目の前に広がる妖精の国のような光景にうっとり見とれていた。

　クリスティンはすぐにその記憶を振り払った。今さら思い出して何になるの？　アナトールから投げつけられた言葉で、妖精の国は粉々になり、凍《い》てついた氷のような現実の風に吹かれて消えていった。〝きみと結婚する気はない、ティア。結婚が目的でわざとこんなことをしたのか？〟

　クリスティンは震える吐息をつき、背を伸ばすと、意識を現実に引き戻した。葬儀後は誰も自宅に招いていない。来客の相手などできそうにない。一人になりたかった。なのに今、墓地に立って彼女と亡き夫の墓所を厳しい表情で見つめていた喪服姿の男性を思い出している。ふいに恐ろしくなった。

アナトールはここに来るのでは？　まさか！　彼は伯父の埋葬を見に来ただけ。わざわざこの家の敷居をまたぐはずがない。わたしがここに住んでいるのだからなおさら。

だがフレンチドアに背を向けたとたん、扉をたたく音がし、家政婦が入ってきた。

「お邪魔して申し訳ありません。奥様にお客様です。旦那様の甥《おい》だという方で、居間にお通ししておきました」

背筋が凍りつき、一瞬動けなくなりながらも、クリスティンはどうにかうなずいた。

「ありがとう、ミセス・ヒューズ」

ありったけの力と勇気を振りしぼり、クリスティンは足を踏みだした。今から直接対決に向かう。彼女の無垢《むく》で愚かしい希望と夢のすべてを粉々に破壊した男と。

アナトールは暖炉の前に立ち、硬い表情で室内を見まわした。伯父が愛した古代の彫像が並べられ、羽目板張りの壁には巨匠たちの名画が飾られている。

彼は口元をゆがめた。上出来じゃないか。ぼくが通りで拾ったあの女にしては――。

怒りがふつふつとわき起こる。怒りとそれ以上の複雑な感情も。

だが今は怒りだけで十分だろう。彼女はヴァシリスの遺産を受け継いだ。実際かなりの額になる。かつて住む家がないからと、薄給で使用人同然の仕事をしていた女には悪くない金額だ。

しかも結婚によって、あの女は本当に住む家まで手に入れたのだ！

口の中に苦々しさがあふれてくる。

近づいてくる足音が聞こえ、両開きの扉が開かれた。さっと目を向け、ティアが立っているのに気づいた瞬間、アナトールは鋭いナイフの刃《やいば》が身に刺さるのを感じた。彼女は注文仕立ての喪服姿のままだ。髪は頭のうしろで一つにまとめられ、かつて彼が指先でもてあそんだ柔らかな巻き毛は完璧に隠されている。

顔は蒼白《そうはく》で混乱した様子だった。墓地で流していた涙のあとがついたままだ。

刺さったナイフの刃が彼の内でねじれた。

「ここで何をしているの？」

そっけない質問だ。それにティアは唇を引き結んだまま、部屋に入ってこようともせず、両開きの扉の向こう側に立っている。しかも彼女の話し方は以前とは違っていた。敵意むきだしの声色のせいだけではない。アクセントのせいもある。昔と違い、きっぱりとした物言いだった。

彼女の外見も話し方とぴったりだ。スーツや髪形、身のこなしのすべてに品が感じられる。

「伯父を亡くしたんだ。ぼくがここに来る理由がほかにあるか？」アナトールは彼女と同じくそっけなく答えた。

ティアの瞳に何かがよぎった。「夫の遺言書が見たいの？　そうなのね？」

彼女の声には軽蔑がはっきりと感じられた。

アナトールは負けじと皮肉っぽい一瞥《いちべつ》を向けた。「なんのために？　伯父はきみにすべて遺《のこ》した」わざと言葉を切り、核心をついた。「それを狙って伯父と結婚したんだろう？」

答えなど必要としていない。すでに答えはわかっている。

蒼白になったものの、クリスティンは尻ごみしなかった。「いいえ、夫はあなたにも何点か遺しているはずよ。遺言書を確認したらすぐに送るわ」

彼女はいったん口をつぐんだが、挑戦するように顎を上げ、また口を開いた。

「アナトール、なぜここに来たの？　アテネで葬儀ができなかったのは残念だわ。でもヴァシリスはここでの埋葬を望んでいたの。夫は教区牧師と仲がよくて、二人ともアイスキュロスを愛していた。牧師様はオックスフォード大学の人文学課程で古典文学に親しまれていて、よく引用し合っていたものよ。それに二人ともピンダロスが大好きで――」

クリスティンは言葉を切った。古代ギリシアの劇作家や詩人について長々と話すなんて気は確か？

アナトールは不思議そうに彼女を見つめている。まるで今の言葉に驚いたみたいに。でも、どうして？　たとえギリシアから遠く離れていても、博識な伯父が大学の同窓生と古典のギリシア文学について論じ合うのはなんの不思議もないはずだ。

「牧師様はギリシアびいきで……」

クリスティンはふいに体をこわばらせた。

「お願い、お墓を掘り返して夫の遺体をギリシアに戻すのはやめて。夫の望みと違うわ」

アナトールは即座にかぶりを振った。そんなことを考えてここにやってきたのではない。

「だったら、どうしてここにいるの？」

また質問され、彼の意識は現実に引き戻された。なぜぼくはここにいるんだ？　言葉ではうまく説明できない。本能のようなものだ——意識もしないうちに、何かに圧倒され、ここに来ようと決めていた。なんのために？

「お悔やみを言いに来た」気がつくと、そう答えていた。

「わたしに対してじゃないでしょう？」その声に含まれるあざけりを感じ取り、アナトールは眉をひそめ、ティアの顔を見つめた。

たちまち全身がこわばった。なんて美しいんだ！　かつて彼が惹《ひ》かれたティアの自然な愛らしさは時を経て、真の美しさに変化していた。一度見たら忘れられない美しさだ。そして悲しみも——。

ティアはぼくの伯父の死を悲しんでいるのか？　本気で？

　まさか。三十歳も年上の男から解放され、多額の遺産をもらって安堵《あんど》しているだけだ。それでもなお、成熟した今の彼女を見ると胸に痛みが走る。彼女はぼくのものだった。

「アナトール、あなたがわたしのことをどう考えているかはよくわかっている。だから見え透いたことを言うのはやめて！　ここに来た理由を話して。わたしを非難しに来ただけなら、今すぐ出ていって。わたしにはあなたに何も説明する義務はないはずだわ。それに、あなたもわたしに何も説明する義務はないはずよ。もうすでに一度、あなたからはっきり言われたもの！」

　クリスティンは鋭く息をのんだ。

「わたしたちは違う道を選んだ――あなたがそうさせたのよ。あなたは選択の余地さえ与えてくれず、わたしは受け入れるしかなかった。でもあのとき、わたしはあなたに何も要求しなかった。だから今のあなたに、わたしに何か要求したり、わたしとヴァシリスが選んだ道をとやかく言ったりしてほしくない。あなたが気に入らなくても、彼が自分の意思でわたしと結婚したのは事実なのよ！」

　アナトールはこれ以上ないほどの衝撃を受けていた。これがあのティアなのか？　こんな攻撃的な女が？

　アナトールの顔が衝撃にゆがむのを見て、ティアはヒステリックな声で笑いそうになった。今や心拍数が跳ねあがっている。まぎれもないショックを感じている証拠だ。同時に――死期はわかっていたとはいえ――夫を失った悲しみも感じている。今日、彼の亡骸《なきがら》を埋葬したばかりなのだ。

　そんな日に、いちばん会うのを恐れていた男性が目の前に立っているなんて。かつてあんなにも愛した男性が。こうして見ているだけで耐えられない。

　クリスティンは彼を追い払うように片手をあげた。「あなたがここに来た理由なんてどうでもいい。お互い、言い残したことはないはずよ。これっぽっちも！　あなたが伯父様の死を悲しんでいるのは知っている。彼が好きだったし、彼もそうだったから――」

　喉が詰まり、それ以上続けられなくなった。今はただ彼に立ち去ってほしい。

「きみはこの家をどうするつもりだ？」

　アナトールの言葉で彼女は物思いからさめた。

「ここを売り払い、汚い手段で手に入れた財産を好き勝手に浪費するんだろう？」

　彼女は息をのんだ。アナトールはなぜこんな傷つくような言葉を平気で口にできるの？

「売るつもりはないわ。ここは楽しい思い出がたくさん詰まったわたしの家だもの」

アナトールの目の表情が変わった。「なるほど、ここでは立派な暮らしをしないとな。ここはイギリスの村で、のどかなカントリーハウスだから」

「ええ、そうさせてもらうつもりよ」クリスティンは皮肉っぽい調子をあえて隠そうとしなかった。そんな必要などあるだろうか？　アナトールはわたしを色眼鏡で見ている。前と同じように。

傷ついて胸が痛んだが、必死で無視した。

彼は目を光らせた。「きみはまだ若い。伯父の財産があれば、男など選び放題だ。それに今回は三十歳年上の相手である必要はない。若くてハンサムな男を選べる。たとえ一文なしでも！」

アナトールはさらに辛辣な口調で続けた。「どこかのリゾート地に行って、パーティに明け暮れていればよかったんだ。そうすれば、家名がタブロイド紙をにぎわせることもない」

クリスティンは顔がこわばるのを感じた。

彼はどこまでわたしを侮辱すれば気がすむの？「わたしは喪に服しているのよ。どこかへ出かけて、一文なしの若い男性たちとパーティに出るつもりはないわ」

クリスティンは大きく息を吸いこみ、体の向きを変えて両開きの扉を開けた。

「さあ、出ていって、アナトール。お互いにもう話すことはないはずよ。何一つ」

彼女は言葉を切り、彼が寄せ木細工の広々とした廊下へ歩きだすよう促した。ありがたいことにミセス・ヒューズの姿はない。とりあえず、表面上はすべてうまくいっているように取り繕わなければ。それが何より重要だ。

アナトールは亡き夫の甥で、悔やみの言葉を言いにここへやってきたにすぎない。ミセス・ヒューズがそれ以上を疑うはずがない。

アナトールが大股で前を通りすぎるとき、アフターシェーブローションの香りがクリスティンの鼻孔をくすぐった。懐かしすぎる香りだった。

思い出が一挙によみがえり、彼女は感情に押し流されそうだった。強烈な記憶に圧倒され、アナトールの手を取りたくなる。彼の腕の中に身を投げだし、すすり泣きたい。温かな腕で抱きしめられ、慰められて、たくましい胸に抱かれたい。彼と触れ合い、守られていると感じたい。声をあげて泣きながら、彼の伯父を失った悲しみを訴えたい――それ以上のものをなくした悲しみも。

でもアナトールは遠い人。もう何千キロも何万キロも離れてしまった。わたしがしたことのせいで――わたしがそうしたと彼が考えていることのせいで。もうわたしたちを結びつけるものは何もない。今もこれからも。

アナトールの姿を見るのはこれが最後だろ

う。彼に再び会うのは耐えられそうにない。

そう考えたとたん、体を引き裂かれるような痛みに襲われた。起きてしまったことに、起こらなかったことに、起こるはずもなかったことに対する痛みに……。

大股で通りすぎるときも、アナトールは彼女を見ようともせず、正面玄関へ向かった。こわばった表情からは何も読み取れない。クリスティンはこの表情を前に一度見たことがある。アテネで最後に過ごした悪夢のような日のことだ。彼のこんな顔は――彼女の淡い期待を打ち砕く石のように冷たい表情は――二度と見たくないと思った。

今も、心の中では声を殺して嗚咽《おえつ》している。

そのとき、広い廊下の背後にある階段の上から、甲高い声が聞こえた。

「ママ！」

アナトールは凍りついた。今聞いた声が信じられない。玄関扉の取っ手に手をかけたまま、なすすべもなく立ち尽くす。

ゆっくり振り向くと、乳母とおぼしき中年の女性が階段をおりてくるのが見えた。手をつないでいる小さな男の子は早足で、前につんのめりそうだ。階段をおりきると、男の子は一目散にティアのほうへ駆け寄った。彼女は男の子を抱き上げ、抱擁すると、そっと下へおろした。

「おちびさん、いい子にしていた?」

ティアの声は温かく愛情に満ちている。アナトールは衝撃と同時に、胸にかすかな痛みを覚えた。

「うん! お絵描きをしてたの。見に来て」

「ええ。すぐに行くわ」ティアは優しい声だ。

そのとき、正面玄関に立つアナトールに気づいて、男の子は明るい声で挨拶した。

「こんにちは」

男の子はまっすぐにアナトールを見た。興味津々の様子で、答えを待っている。

だがアナトールは答えられずにいた。ただ立ち尽くすことしかできない。

なんてことだ、ティアに息子がいるなんて。

アナトールは男の子から——黒髪で黒い瞳をしている——視線を引きはがし、彼の母親を見た。衝撃を抑えきれない。というか、衝撃以上の複雑な感情を覚えている。心の奥底からあふれでてくるこの感情を、なんと呼べばいいかわからない。

「知らなかった——」彼の声は途切れた。

「知らせる必要があった?」彼女はそっけなく答え、少し顎を上げた。「息子のニッキーよ」男の子に視線を落として言葉を継ぐ。

「ニッキー、こちらはあなたの——」

彼女は言葉を詰まらせた。

沈黙を埋めたのはアナトールだった。「きみのいとこだ」

ニッキーはさらに興味深げに彼を見つめた。

「一緒に遊ばない？」

乳母と母親が異を唱えた。

「ニッキー、ここに来る誰もがあなたと遊んでくれるわけじゃないのよ」乳母が穏やかに説明する。

「おちびさん、あなたの……いとこがここに来たのは、かわいそうなパパウを――」

できればこの場で説明したくない。クリスティンはそう考えた。でも、ちゃんと頭が働く状態ではない。ただ手をこまねいているだけではだめ。ありったけの力を振りしぼって、この悪夢のような状況をどうにか終わらせて、あの正面玄関からアナトールが出ていくのを見送らなければ。そうして初めて、その場にくずおれることができる。

「パパウ？」

アナトールの鋭い言葉は、彼女の心を撃ち抜いた。茫然《ぼうぜん》とせずにいられない。取り返しのつかないひと言を言ってしまった。

〝おじいちゃん〟だって？

彼女はただアナトールを見つめるしかなかった。なぜヴァシリスをそう呼んだのか、何か意味のある説明をしなければ。

でももう一つ、別の試練が待っていた。その言葉を聞いたとたん、ニッキーが顔をくしゃくしゃにしたのだ。

「どこにいるの？　パパウに会いたいよ！」

彼女は泣きじゃくる息子の横にひざまずき、思いつくかぎりの慰めの言葉をかけた。

すると突然、彼女とニッキーのそばに別の誰かがかがみこんだ。その人物はしゃくり上げているニッキーの肩にそっと手をかけた。

優しさと思いやりの入り混じる声で話しかけたのはアナトールだ。「さっき、絵を描いたと言っていたね？」

クリスティンの腕の中で、ニッキーは振り向き、涙で汚れた顔のままうなずいた。

アナトールが励ますような調子で言う。

「絵を描いてあげたらどうかな？　パパウのために」

最後の言葉はためらいがちだったものの、アナトールは言葉を継いだ。

「ぼくが小さかった頃、きみのパパウのために、青い車輪の真っ赤な電車の絵を描いてあげた。きみも描いてみたらどうだ？　そうしたら、パパウはきみとぼくの二人から絵を受け取ることになる。どうだい？」

アナトールを見つめる息子を目のあたりにし、クリスティンは喉にワイヤを巻かれたような息苦しさを覚えた。それは有刺鉄線を巻かれて血を流すような苦しみでもあった。

「青い電車にしていい？」ニッキーが尋ねる。

アナトールはうなずいた。「もちろん。真っ赤な車輪の青い電車がいいかもしれない」

ニッキーは顔を輝かせた。もう泣いてはい

ない。ニッキーはそばに立つ乳母を見上げた。

「すてきなアイデアですね！　さあ、お部屋で絵を描きましょう」乳母はそう言うと手を伸ばした。ニッキーは乳母のもとへ駆け寄り、彼女の手を取ると、振り向いて母親を見た。

「ぼく、パパのために絵を描く」

　クリスティンは涙ながらにほほ笑んだ。

「すばらしいわ、ニッキー」

「描き終えたら見せてくれるかな？」アナトールは立ち上がり、男の子を見おろした。

　ニッキーはうなずくと乳母の手を引っ張った。やがて二人の姿は階上に消えた。ニッキーの生き生きとした話し声が遠ざかっていく。

　クリスティンは二人を見送った。心臓が早鐘を打っている。立ち上がった瞬間、軽いめまいに襲われた。

　気がつくと、がっしりとした手で腕をつかまれ、体を支えられていた。なんて安心できる感触だろう。

　彼女はとっさにあとずさり、彼の手から逃れた。あまりに近すぎる……。

　アナトールが口を開く。その声にはまぎれもない怒りが感じられた。

「知らなかった――全然知らなかった！」

　思わず体を震わせたが、クリスティンは冷静な声を心がけた。「さっきも言ったけれど、知らせる必要があったかしら？　ヴァシリスがあなたに知らせないと決めたら、わたしに逆らう理由はないわ！」

アナトールにじっと見つめられ、彼女はまた気を失いかけた。この漆黒の瞳は……。

ニッキーの瞳にそっくりだ。考えてはだめ。ヴァシリスの瞳も黒かった。ギリシア人の多くに見られる特徴だ。

「あの子はなぜぼくの伯父をパパウと呼んでいるんだ？」アナトールは有無を言わさぬ口調だ。

クリスティンは慎重に息を吸いこんだ。

「ヴァシリスは……そのほうがいいと考えたの」そこで言葉を切る。このことは話したくないし、話し合いたくもない。

でもそんな答えで黙るアナトールではない。

「なぜだ？」彼はそっけなく尋ねた。

アナトールの熱い視線にさらされ、彼女は思わず手で額をこすった。

「ヴァシリスは自分の心臓が弱っていると知っていた。ニッキーが大きくなるまではもたないだろうって。だから……おじいちゃんと呼ばせたほうが、ニッキーのためにいいと考えたの」

クリスティンは必死に唇の震えと涙をこらえようとした。手のひらに爪が食いこむほど両手をきつく握りしめる。

「夫は、時が経《た》てばニッキーの悲しみも薄らぐし、父親を失ったと考えるより喪失感が小さくてすむと言っていたの」

アナトールは無言のまま、頭を目まぐるしく巡らせていた。嵐の夜のように心が千々に乱れ、さまざまな感情が渦巻いている。ふいにある記憶がよみがえり、ティアの声に重なり、彼自身の声が聞こえた。

〝ぼくは父親になるつもりはない——妊娠しても結婚できるなどとは思わないでくれ〟

ティアは無表情のまま、彼をじっと見つめている。彼の表情から何を思い出したのか察知したのだろう。

「こうなってみると」彼女は静かに口を開いた。「ヴァシリスは正しい選択をしたと思う。大人になるにつれ、夫に関するニッキーの記憶は薄れていく。でも好ましい思い出は残るはずよ。それに、わたしはヴァシリスにまつわる息子の記憶を大切に守っていくわ」

クリスティンは息を吸いこんだ。言わなければならないことがある。

「ヴァシリスのために絵を描くよう、あの子に言ってくれてありがとう。ニッキーの気をうまくそらすことができたわ」

「伯父のために絵を描いたことを思い出しただけだ。子供の頃、彼が訪ねてくるとうれしかった。いつも贈り物を持ってきてくれたし、ぼくに興味を持ってくれていた。今にして思えば、伯父はぼくの父と話し合うためにやってきていたんだと思う。ぼくのために……行いを改めるべきだと忠告しに来ていたんだ」

彼は唇をゆがめた。「結局、父は何も変わらず無駄足だったが」

アナトールは話しすぎたというように顔をしかめた。もはやなんの意味もない記憶を振り払うかのようにかぶりを振り、大きく息を吐きだす。

そしてティアをひたと見すえて、言った。

「ぼくたちは話し合わなければならない」

5

クリスティンはインド更紗《サラサ》のカバーがかかったソファに座っていた。ミセス・ヒューズが脇にある金箔《きんぱく》メッキを施したオルモル装飾のテーブルにコーヒーのトレイを置いてくれたが、緊張は解けない。喉がひりつき今すぐカフェインが必要だった。活力を回復してくれるものなら、なんでもよかった。

突然ある記憶が脳裏をよぎった。

〝死ぬほどコーヒーが飲みたい〟

アナトールの車の前で転んだあの日の午後、フラットに着いたとき、彼が言った言葉だ。彼も覚えているだろうか？　アナトールの表情からは何も読み取れない。

彼の姿が視界をかすめた瞬間、胃が締めつけられた。そばにいるだけで圧倒される。その衝撃は、初めて出会ったときと何も変わらない。会えずにいた五年の歳月があっという間に消えていく。

クリスティンは再びパニックに襲われた。

彼を出ていかせなければ。なんとかして。

「ヴァシリスに息子がいたらすべてが変わる。きみもわかっているだろう？」

彼女は驚いて彼を見つめた「なぜ？」

アナトールはいらだったように片手を掲げてカップを取り、コーヒーを飲んだ。「愚にもつかないことを」そこで言い直した。「ばかなことを言わないでくれ」

「〝愚にもつかない〟の意味くらい知ってるわ！」彼女は思わずぴしゃりと言い返した。

アナトールが口をつぐみ、彼女を見つめる。何も言わなくてもクリスティンにはわかった。彼はわたしの激しい口調に驚いている。敵意をむきだしにするわたしに慣れていないのだ。

「何も変わらないわ。夫に息子がいても」最後の言葉で声が震えた。アナトールは気づいただろうか？　そうでなければいいけれど。

「ばかな。もちろん、すべてが変わる！」

彼は飲み終えたカップを荒々しくトレイに戻した。

「ニッキーには、きみがしたことの犠牲を払わせたくない。きみのせいであの子を孤立させるわけにいかない。彼には家族が必要だ」

彼女のカップがソーサーの上でかちかち音を立てた。手が震えている。「あの子には家族がいるわ。わたしがあの子の家族よ！」

「ぼくもそうだ！　あの子を一族から遠ざけたまま育てるべきじゃない。たとえきみがどんなことをしようと、あの子にそのつけを払わせるべきじゃない。ぼくが望むのは――」

彼女の中で何かがはじけた。「あなたの望みなんて関係ない！　ニッキーの母親はわたしよ。あの子を育てて守る責任はわたしだけにある――あなたにもほかの誰にも、あの子をどう育てて、誰とつきあわせるかについてひと言も言わせない。わかった？」

「きみが大変だったのはわかる。ずっとヴァシリスの介護をし、最期を看取《みと》り、今日埋葬したばかりだ。さぞ疲れているに違いない」

アナトールは立ち上がった。

彼はそびえるように背が高かった。彼女も立ち上がりかけたが、急に足がなえて力が入らなくなった。

彼は無表情のまま、彼女を見つめている。

「大変な一日だっただろう。今日はこれで失礼する。ゆっくり休んでくれ。だが、これで終わりじゃない。ティア、わかってほしい。現実をちゃんと受けとめてくれ」

彼女はどうにか立ち上がった。「あなたも。あなたはあの子とはなんの関係もないという事実を受けとめて。あの子はわたしの子よ」

彼女は目をきらめかせ、顎をぐっと上げた。ふいに辛辣な言葉が口をついて出た。

「二度とここに来ないで。今日あなたがわたしをどう思っているかよくわかったわ。あなたには息子の——わたしの息子のそばにいてほしくない！ ヴァシリスの死であの子は悲しんでいる。このうえ、あなたがわたしを憎んでいると知ったら、どうなってしまうか。息子によけいな話を吹きこまないで。もうここには来ないで、放っておいて！」

クリスティンは早足で居間の扉の前に行き、勢いよく開いた。心臓がどきどきし、胸が大きく上下している。この家から彼を追いださなければ、今すぐに。

無言のまま、アナトールは彼女の前を通りすぎた。今度こそ——ああ、今度こそ、彼を追いだせる。

なのに彼は正面玄関の前で立ちどまり、振り向いて口を開いた。「ティア——」

「わたしはもうティアじゃない」クリスティンは無表情のまま、硬い声で言い返した。「ずっと前にわたしはティアであることをやめた。ヴァシリスはわたしを愛称ではなく、洗礼名のクリスティンと呼んでくれた。それが今のわたし。もうずっと変わらない」

深い悲しみに襲われ、声が詰まった。でも彼女がいちばん恐れているのは悲しみではなく、目の前に立つ男だった。彼をずっと恐れていた。

クリスティンは体の向きを変え、彼を見送りもせず、早足で居間へ戻った。扉を閉めてぐったりともたれかかる。そうしないと気を失いそうだった。有刺鉄線が喉にきつく巻きついているようだ。

わたしはもうティアには二度と戻れない。

有刺鉄線がさらにきつく巻きつき、喉から血がしたたるようだった。

アナトールは高速道路をひた走り、ロンドンへ向かっていた。制限速度を超えているがどうでもいい。できるだけ距離を置く必要がある。ティアと。いや、クリスティンだ。

それが今の名前だ、伯父にそう呼ばれていたと彼女は言っていた。ティアであれ、クリスティンであれ、あの伯父が彼女の名前を呼んでいるところなど考えたくない。彼女と関わりを持っていたことも。

伯父が彼女とのあいだに子供を作っていた。

彼はその考えを振り払おうとした。まさかティアと伯父が子供をもうけていたとは。学問一筋で恋愛経験もなかったあの伯父が。

ありえない。たとえティアがどんな誘惑の罠《わな》をしかけたとしても。

アナトールの表情が変わった。いや、その見方は間違っている。彼女が誘惑の罠などかけるはずがない。

当時の彼女は本当に無力で弱々しい印象だった。そして、ぼくに拒絶され――。

彼は再び物思いを振り払った。いまだに考えたくない。五年前のあの日のことは。

なのに記憶がとめどなくよみがえる……。

「わたし……妊娠したかもしれない……」

彼女の言葉が二人のあいだの空間を漂う。

「しているのか、していないのか？」

アナトールは全身が凍りつくのを感じ、とっさに尋ねていた。簡単な質問だ。

彼はティアの表情が引きつるのを、どこか冷めた目で見ていた。

「わからない。生理が遅れていて――」

「どれくらい？」またしても簡単な質問だ。

「一週間くらい……もっと長いかも」

アナトールは頭の中で計算した。彼女が生理を理由に断ってきたのはいつだった？　思い出せない。だがそれは関係ない。今重要なのはただ一つだ。

「検査薬を試すといい」アナトールは無意識のうちにそう口にしていた。冷たい声で。

「運がよければ勘違いかもしれない」

運が悪ければ――。

彼はその考えを振り払った。もう一つの選択肢は考えたくない。気持ちを引き締め、目を細くしてティアを見つめる。彼女は打ちひしがれた表情をしているが、そこには別の何かも感じられる。

ティアは何か隠している。

彼の本能がそう告げていた。彼女は何かを必死に隠そうとしている。いったいなんだ？

そのとき、ようやくわかった。

ぼくはティアが聞きたがっていることに、ちゃんと答えていない。それより先に、彼女が嘘《うそ》をついていないか探ろうとした。だから彼女はどう反応していいかわからず、内心で戸惑いを覚えている。

ティアがぼくにどんな反応を求めているかは百も承知だ。

ティアの言葉に驚き、喜びをあらわにするべきだった。彼女の体をすくい上げ、こう言うべきだった。〝ぼくの大切な子供を妊娠したなんて、きみは世界一大切なぼくの宝物だ！　最高にうれしいよ、夢にまで見た最高の贈り物を授けてくれるんだから！〟

そして片膝をついてティアの手を取り、結婚を申しこまなければならなかったのだ。

なぜなら、女性たちみんながそう望んでいるからだ。ぼくの人生に関わってきた女性は全員、ぼくと結婚したがった。

うんざりだ――退屈で、腹立たしい。

女性たちはこぞってミセス・キルギアキスになりたがる。もうすでに三人――父の今の妻と前妻が二人いるというのに。ぼくの母も一族の金と名声を確保するべく、再婚相手にキルギアキスの姓を名乗らせている。

だから、もうこの世にミセス・キルギアキスはいらない。ただの一人も。

妊娠したからという理由では特に。ぼくの母が二人めのミセス・キルギアキスになったのと同じやり方だ。母は不要になった最初の夫を捨てて、すぐに父と再婚した。それでも、父に永遠の愛を求めていたわけではない。父も同じだ。二人は互いに飽きると愛人を作り、別の相手と再婚した。こんなふうにして三人めのミセス・キルギアキスが生まれた。

そんな大騒ぎが延々と続いている。

ぼくまで参加したくない。

もういい。絶対にごめんだ――。

彼は無表情のまま、ティアを見つめた。

「わざとか？　妊娠の機会を狙ったのか？」

考える前に言葉が口をついて出た。ティアがはっと息をのみ、再び顔面が蒼白《そうはく》になる。

だが、どうしても言わずにいられなかった。

尋ねないわけにいかなかった。

「どうなんだ？」アナトールは答えを促した。

ティアは息をのみ、かぶりを振った。

「何か理由があるはずだ。なぜ妊娠した？

そんな可能性がどこにある?」

ティアにはピルを服用させている。彼女と一緒にいようと決めたときからずっとだ。なのに、なぜこんな間違いが起きたんだ?

彼女は目を伏せ、首を左右に振った。「きっとサンフランシスコに行ったときだわ。時差のせいでぼんやりしてしまったの」

アナトールはため息をついた。確認すべきだった。彼女が〝ぼんやりして〟いないかどうかを。

「すべてが台なしにならなければいいが」

ティアの表情が変わった。不安げだが、別の感情も見てとれる。それが何か、彼にはわからなかった。わかりたくもない。

「そうなの?」探るような目でティアが言う。「妊娠で本当にすべてが台なしになるの?」

彼は体の向きを変え、ブリーフケースに手を伸ばした。これからうんざりするほど長い一日が始まろうとしている。まずは年に一度の取締役会だ。そのあとのランチでは、父と母がわざと互いを無視し、今の伴侶と仲むつまじいところを見せつけ合うだろう。いやでもそんな両親の姿を見るはめになる。

ぼくが結婚したい気にならないのも当然だろう。ぼくから結婚指輪をせしめるためならなんでもする女たちに追いつめられたくはない。わざと妊娠しようとする女にも。

ティアはそんな女ではないと思っていた。

だが、どうやらぼくが間違っていたようだ。

アナトールはティアの質問に答えなかった。答えられなかったのだ。代わりに腕時計を眺めた。もうすでに予定より遅れている。

彼はドアに向かいながら振り向き、彼女と目を合わせずに言った。「検査薬を届けさせる」それだけ言うと、部屋から出ていった。

アナトールはきついワイヤで喉を締めつけられている気分だった。その息苦しい感じは一日続いた。予想どおり、両親がさらなる利益還元を要求してきた取締役会のあいだも、そのあと延々と続くランチのあいだもずっと。

「心ここにあらずの様子だな、アナトール。何か問題か？」正式なコース料理がようやく終わったあと、彼の脇にやってきたのは伯父のヴァシリスだった。ほかのみんなは葉巻をふかしたり、年代もののワインやブランデーを飲んだりしている。

「古い人間だと言われそうだが」ヴァシリスが言う。「若い男が取り乱している場合、理由は女であることがほとんどだ」

再び口をつぐんだ伯父に見つめられ、アナトールは本能的に感情を押し隠そうとした。それでも伯父を黙らせることはできなかった。

「おまえには誰かと恋に落ち、幸せな結婚をしてほしい。もちろん、おまえが結婚に懐疑的なのは知っている。その理由も理解しているつもりだ。だが、おまえの両親を基準に世の中を判断しないでほしい。あの二人は常に、そのとき追いかけている誰かと自分が熱愛中だと錯覚にとらわれている。そうして自分自身の人生を台なしにし、自分たち以外の者には注意を払おうともしない。息子であるおまえも含めてだ」

アナトールは口元をゆがめた。〝自分自身の人生を台なしにし……〟ぼくも今まさにそうなろうとしているのか？

検査薬の結果はもう出ただろうか？　結果によっては、ティアがぼくの人生を台なしにすることになる。彼女はそれに気づいているのだろうか？　それに、ぼくがティアの人生を台なしにしようとしていることにも？

しかし、そんな疑問の背後に、さらに恐ろしい疑問が一つ見え隠れしている。ティアにとって妊娠は人生を台なしにするものか、夢を実現するものなのか？　もしかしてティアの目標を――野心を達成するものなのでは？

キルギアキス家の子供を授かるのは、彼女にとって偉業達成に違いない。キルギアキスの子供を妊娠すればキルギアキスの夫が得られる。一族の資産も贅沢《ぜいたく》な暮らしもだ。

「アナトール？」

伯父の声が聞こえ、彼は物思いから現実に引き戻された。しかし伯父の質問に答える気はない。そこでかすかな笑みを浮かべ、伯父に最近の慈善事業について尋ねた。

伯父はよどみなく答えたが、気遣うような目をしている。アナトールは伯父に観察され、心配されているのをひしひしと感じ、自分の感情を押し隠そうとした。一日じゅう頭から離れない疑問もだ。ティアはもう検査薬を使っただろうか？ 結果はどうだったんだ？

電話をしたいが、そうするのが怖くもある。彼女の答えにぼくの将来がかかっているのだ。ランチがようやくお開きになり、みんなが帰り支度を始めた。ヴァシリスから明日の昼食の約束を楽しみにしていると言われ、アナトールはそんな約束をしなければよかったと悔やまずにいられなかった。そのとき父に腕を引っ張られ、ありがたく思ったほどだ。不機嫌そうな父から告げられたのは、今日アナトールが発表した莫大《ばくだい》な利益を聞き、三番めの妻が離婚を決めたという知らせだった。

「おまえがわたしを金持ちにしすぎたせいだ！」父は息子を非難した。「妻に渡す金を最小限に抑える方法を探してくれ」

父はアナトールをバーまで引っ張っていくと、強欲な元妻たちにどんなひどいしうちを受けたか延々とこぼし、ついにウイスキーのボトルを一本空けてしまった。

結局ホテルの部屋まで父を送り届けたあと、アナトールはようやく帰宅の途に就いた。胸がどきどきしている。ティアの答えを聞く瞬間をこれ以上引き延ばせない。

ところが深夜近くにフラットへ戻ると、ティアは眠っていた。検査薬はどこにも見当たらないが、強いて起こそうとも思わなかった。

息苦しさを覚えながら、彼は立ったままティアを見おろした。キングサイズのベッドに眠る彼女はひどく小さく見える。ふいにある感情がわき起こってきた。

ティアはぼくの子供を宿しているのか？

彼女の体の内に命が育っているのか？

アナトールは名状しがたい感情に襲われた。一瞬頭が働かなくなった。

服を脱いでティアの隣に横たわり、片手を彼女の腹部に滑らせ、二人の赤ん坊の命が芽生えているのを実感したい……。

アナトールは一歩あとずさった。一時の感情に流されてはだめだ。今すべきことをしろ――彼は別の寝室へ行き、そこで夢にうなされながら夜を明かした。

翌朝目ざめると、ティアがドア口に立っていた。「妊娠していなかったわ。生理がきたの」声も顔も無表情なままだ。

そして彼女は体の向きを変え、立ち去った。

アナトールは横たわったまま目を開き、天井を眺めた。妙な気分だった。ティアの知らせを聞き、ほっとするべきなのに。これからも二人のあいだはすべてうまくいくはずだ。

だが、それがすべての終わりだった。

6

クリスティンはヴァシリスの書斎のデスクに座っていた。まだそここに夫の存在が感じられる。生前の夫は大半の時間を書斎で過ごした。この空間に慰めを見いだしていた。

彼の死から数カ月が過ぎようとしている。物静かな夫の存在が消えたむなしさに慣れず、つらい日々だった。彼女だけでなくニッキーにとっても。泣いたりかんしゃくを起こしたりしながら、息子は愛するパパウがいなくなった現実を渋々受けとめようとしている。

パパウ——その言葉が思い浮かんだとたん、クリスティンの胸は痛んだ。衝撃を受けた様子のアナトールの姿がよみがえる。考えてはだめ。あの夜の悪夢のような再会を思い出さないようにしてきた。アナトールはわたしのことを、財産目当てで彼の伯父と結婚した安っぽい女と考えていた。

あの夜、アナトールを追いだして正解だった。あれ以上一緒にいるのは耐えられなかった。でも安堵《あんど》する一方で、強烈な痛みのような思いも感じている。パパウのために電車の絵をしあげたニッキーは、いつ〝大きないとこ〟が絵を見に来るのか知りたがった。

クリスティンはそのたびにあいまいな返事をした。彼はパパウの故郷のギリシアに住んでいて、お仕事でとても忙しいのだ、と。しばらくするとニッキーも尋ねなくなったが、思い出したように泣きだし、機嫌が悪くなることもある。〝絵を描いたのにどうして会えないの？　あの人に見てほしい！〟

クリスティンは罪悪感にさいなまれていた。息子は今でも十分つらい思いをしている。これからもそうだろう。

父親がいない人生を歩んでいくのだ――。

彼女は物思いを振り払った。そんなことを考えて何になるの？　代わりに、深呼吸をして今すべきことに意識を集中させねば。

遺言書の検認がようやく終わった。ヴァシリスの財産は巨額で、遺言は複雑だったため、検認の作業に時間がかかった。夫は遺言の中で、家族信託の設定とこれまでの彼の仕事を引き継ぐ慈善基金の設立を希望していた。

目下のところ、彼女の心を占めているのは慈善基金設立のほうだ。今週末、ヴァシリスの未亡人として初めての仕事が待っている。ロンドンの高名な博物館で開催されるギリシア美術と古代遺物展の初日に、夫の代理として出席する。今までも夫が後援した催し物にはいつも参加していたが、一人で出席するのは初めてだ。不安もあるが全力を尽くすつもりでいる。ヴァシリスに恩返しがしたい。

下準備のため、彼女は学芸員からの手紙と詳細な報告書を熟読した。初日に間に合うよう、知っておくべき知識は吸収しておきたい。

すべてはヴァシリスのため。彼はわたしに多くのものを与えてくれたのだから！

夫に受けた恩に比べれば、こんなことは恩返しとは言えない。わたしが人生で最低最悪な気分だったとき、ヴァシリスは救いの手を差し伸べてくれたのだから。

アナトールは会議に出席していた。だが投資や利益、租税債務などの議題にちっとも集中できない。けさ、ロンドンにある伯父の弁護士事務所から〝すぐに連絡がほしい〟という知らせが届いたのだ。遺言書の検認作業が完了したに違いない。

彼は冷笑を浮かべた。いよいよだ。年の離れたヴァシリスとの結婚で、あの若き未亡人がどれだけ巨額の遺産を受け取ったかわかる。

てっきりティアはぼくを愛していると思っていた。だが彼女は最初から、ぼくが与える贅沢《ぜいたく》な暮らしを愛していただけだった。だから、ぼくから〝妊娠しても結婚できるなどと思うな〟と言われたあと、待ちきれずにヴァシリスからの結婚指輪を受け取ったのだ。

彼の胸になじみのある痛みが走った。怒りだ。当然だろう？　怒り以外のはずがない。ぼくを捨てて伯父に乗りかえたティアへの怒りだ。それ以外の何物でもない。

アナトールは会議が終わるのをひたすら待ち、ようやく自分のオフィスに戻ると、ロンドンへ電話をつなぐよう命じた。だが、自分でも渋々電話をかけているのはわかっていた。

伯父の死によって複雑な感情を引き起こされた。本当にまたあんな思いをしたいのか？　やむにやまれぬその感情のせいで、葬儀の日、あわただしくイギリスを訪れたというのに？　放っておくべきではないのか？　ぼくには伯父の遺言を変えることができない。若い未亡人がヴァシリスの全財産を受け継いだからなんだというんだ？　なぜ気にかける？

ただし――。

ただし、気にかけるべき人物がもう一人いる場合、話は別だ。

ヴァシリスの息子、ニッキーだ。

アナトールの脳裏に再び一つのイメージが浮かんだ。あの子を慰めようとしてしゃがみこんだ彼自身の姿だ。あのときは、これまでなじみのない強烈な感情に心を貫かれていた。かつて恋に落ち、愛し合い、生活をともにし、彼を捨てた女性に抱いた愛情とも違う新たな感情だった。あまりの強さに、ヴァシリスの死を悲しんで泣きだしたニッキーを慰め、元気づけてやりたいと思った。

彼はぼんやりとオフィスを見つめた。あの感情はどこから生まれたのだろう？　これまで子供については否定的なことしか考えたことがなかった。別に子供嫌いなわけではない。ただ、これまで子供と無縁の生活を送ってきたせいで、よくわからないというのが本音だった。妊娠したかもしれないとティアから告げられたあの恐ろしい日、彼女に告げた言葉は今でも変わらぬ真実だ。

それでもなお――。

なぜ本能的にあの小さな男の子を慰めたくなったのだろう？ なぜあの子の気をまぎらせ、笑みを浮かべさせ、瞳を輝かせたいと思ったんだ？

それはあの子がヴァシリスの息子だからだ。そして今、あの子の面倒を見てやれる者が誰もいないからだ。母親がいるにはいるが、その母親も財産目当てで彼の父親と結婚をしたような女なのだ。

彼は厳しい表情を浮かべた。ニッキーの存在ですべてが変わると教えてやったのに、ティアはぼくの意見を否定し、今後いっさいニッキーに関わるなと告げ、あの家からぼくを追いだした。そんな横暴を許してたまるか。誰かがニッキーの面倒を見なければ。

デスクの上の電話が鳴った。ロンドンへの通話がつながったのだろう。アナトールは険しい表情で受話器を取った。幼くか弱いいとこを、あの忌むべき母親の言いなりにさせはしない。阻止するためならなんだってやる。

ヴァシリスの息子を守る正義のために、ティアとは徹底的に闘ってやる。

　十分後、受話器をゆっくりと置いたアナトールの表情は、がらりと変わっていた。彼はすぐさま電話で秘書に命じた。「次のロンドン行きのフライトを予約してくれ」

　クリスティンは車の座席にもたれ、ロンドンへ向かっていた。神経が波立っているのは、今夜ヴァシリスの代理で展覧会の開幕に出席するからではない。夫を亡くして以来、ロンドンを訪れるのが初めてで――ロンドンは夫との思い出よりもはるかに鮮やかな思い出のある街だからだ。

　クリスティンは思い出すまいとした。どうやってアナトールと出会い、彼の人生に関わるようになり、おとぎ話の王子様のような彼に夢中になったかを。

　でも結局、彼は王子様ではなかった。わたしに一生添いとげてほしいとは考えていなかったし、子供も望んではいなかった。

　子供を望んでいたのはヴァシリスのほうだった。でも悲しいことに、彼はずっとその望みがかなわないだろうとあきらめていた。

　そう考えると、クリスティンは慰められた。

　夫がわたしに与えてくれたものは計り知れない。永遠に感謝してもしきれない。でもわたしは彼にニッキーを与えることができた。

そして今、ニッキーはわたしのすべてだ。またしても神経が波立ち始める。アナトールのことを考えてはだめ。彼がわたしの意見を聞き入れてくれた点にだけ感謝しよう。あれ以来彼から連絡はない。ニッキーにもだ。

わたしのことをよく思っていない者をニッキーに近づけたり、悪い話を吹きこませたりするものですか！

目的地に着くまで、クリスティンは今夜の展覧会のことだけを考えるようにした。

そしていよいよスピーチの段になり、ミセス・ヴァシリス・キルギアキスとして紹介されると、大きく息を吸いこみ、スピーチを披露し始めた。短いが慎重に見直したスピーチだ。まず夫がこの古代ギリシア文明の芸術品と古代遺物の展覧会を心から支援していた事実を述べ、次に――館長のランチェスター博士に笑みを向けながら――展示品が博物館によって申し分なく整理されていることを伝え、今後の重要な展示会について少し触れたあと、ヴァシリス・キルギアキスの早すぎる死にもかかわらず、彼の仕事は今後も新たに設立された慈善基金に引き継がれると締めくくった。

彼女はランチェスター博士にマイクを渡し、舞台からおりた。やがて開幕式典が終了すると、招待客たちが歓談を始めた。

女性は全員イブニングドレスで、もちろんクリスティンは黒いドレス姿だ。とはいえ、喪に服しているからといって、差し出されたシャンパンを断ったりはしない。控えめに口にしながら、クリスティンは館長の妻の話に耳を傾け、笑みを浮かべた。館長も妻も知り合いだ。ヴァシリスがまだ死の床につく前、四人で一緒に食事をしたことがある。

何か言おうとしたとき、背後から声が聞こえ、彼女は凍りついた。

「ぼくを紹介してくれないのかな？」

彼女は振り向き、わが目を疑った。

アナトールだ。

ほかの男性招待客と同じく、彼も黒いタキシード姿で、彼女を見おろしている。

衝撃のあまり、彼女はめまいを覚えた。

いったいどうして？　なぜ彼がここに？

彼はすばやく笑みを浮かべ、彼女に話しかけた。「今夜、ぼくがキルギアキス一族の代表を務める義務があると思ってね」

そんな役が彼女に務まるはずがないという皮肉だった。だがクリスティンはいっさい反応せず、重々しくうなずいた。

「あなたがここに来てくれて、ヴァシリスもさぞ喜んでいるわ。夫はこの展覧会の開催のために心を砕いていたの。古代の遺物は混乱する中東の地から無事にここまで運ばれてきたものがほとんどよ。安全に返却できるようになるまで、当分ここで保管されることになっているの」

彼女が優雅な手つきで展示物を指し示す。だがアナトールの視線はそちらではなく、彼女に釘《くぎ》づけだった。目の前に立っているのは、袖が長くて襟が高く、どう見ても喪に服しているのが明らかな、黒いシルクのイブニングドレス姿の女性だった。だがアナトールが知る彼女ではない。

ステージに立つ彼女を見るためにここへやってきたのだが、あれがティアだとは信じられなかった。どう見ても、優雅さと落ち着きを兼ね備えた成熟した未亡人のクリスティンだ。専門家でいっぱいの会場にひるむことなく、古代ギリシアにまつわる展示会の開催式典にふさわしいスピーチをした。

人前に出ると緊張し、びくついていたあのティアとは別人だ。

それに今、館長に向かって話しかけているのも、昔のティアではない。

「館長、ヴァシリスの甥《おい》のアナトール・キルギアキスを紹介させていただけますか？」

声に震えはいっさい感じられない。冷静そのものだ。最初に彼を見た瞬間、目に浮かんだ表情をティアは巧みに隠した。館長がアナトールに笑みを浮かべ、話しかけてきた今も。

「伯父様の役を引き継いでいただけますか」

「悲しいことに伯父ほど直接には関われません。だが慈善基金の管財人になりたいと考えています。共同で……」アナトールはクリスティンのほうを見てややためらった。「ぼくらの関係をどう言ったらいいんだろう?」

　また皮肉?　さっきと同じくクリスティンは無視した。「さあ、正式にはなんと言えばいいか」冷静な口調で答える。「それに、ええ、わたしは慈善基金の管財人よ」

　クリスティンは唇を引き結んだ。あなたを共同管財人になんてするものですか!　アナトールと一緒に基金の会議に出席すると考えただけで背筋が寒くなる。すると彼が再び口を開いた。礼儀正しい笑みを浮かべているが、意味ありげに目をきらめかせている。

「きみがもう、アレクサンダー大王をギリシアの独立戦争時代の人物と勘違いしていないことを願う」アナトールは軽い口調で言った。

　彼はわたしをわざと傷つけようとしているの?　もしそうなら、わたしに相当な恨みを抱いている証拠だ。

　でも、ここで傷つくわけにはいかない。

　クリスティンは彼ではなくほかの人たちに笑みを向けた。「わたしは歴史を何も知らなかったけれど、今ではアレクサンダーがナヴァリノの海戦があった一八二七年とはかけ離れた、紀元前四世紀の人だと知っているわ」

　彼女はユーモアたっぷりの表情を浮かべた。今はそうするしかない。

「ヴァシリスの教えのおかげで、わたしもようやくヘレニズム文化を見わけられるようになったの。少なくとも有名な作品は。ところで……」彼女は振り返って男性学芸員に笑みを向けた。「よければ会場を案内してもらえるかしら？」

「喜んで！」彼の答えを聞き、クリスティンは安堵した。ようやくここから立ち去れる。

でも会場をまわっていても、アナトールの存在を強く意識せずにはいられなかった。

クリスティンは、もう二度と彼と話さずにすむように祈った。なぜ彼はここに現れたのだろう？　本気で基金の共同管財人になりたいと考えているの？　そんな彼を阻止することはできない。結局彼はキルギアキス家の一員なのだ。いくらわたしが反対しても聞き入れてもらえないだろう。

でも彼はわたしを攻撃するために現れただけかもしれない。かつてわたしがいかに無知だったか、さっき発言したように……。

クリスティンは胸に小さな痛みを感じた。彼は本当にわたしをそんなに嫌っているのだろうか？　彼女はふいに息苦しくなった。そうでしょうとも！　ヴァシリスの葬儀の日、面と向かってわたしを卑劣な女呼ばわりしていたから。

でもアナトール、あなたはわたしを求めてはいなかったけれど、ヴァシリスは求めてくれた！　なのに、どうして夫の優しさや寛大さを受け入れたわたしを非難するの？

　もちろん答えはわかっている。彼がこの五年間、募らせてきた怒りのせいだ。アナトールはわたしがキルギアキス家の財産目当てにヴァシリスを誘惑し、結婚にこぎつけたと信じている。ほかに理由など考えられない。

　疲労感がどっと押し寄せてくる。今夜こんなに晴れがましい席でヴァシリスの代理を務めて緊張し、アナトールの登場で衝撃を受けたうえに、彼から当てこすりを言われた。そのすべてに圧倒されてしまう。

　展示品を紹介する学芸員に適当な相づちを打ちながら、彼女は説明を切り上げさせる潮時を計っていた。ここから逃げださなければ。

　そろそろ失礼したいとつぶやくと、すぐに解放された。喪中であるのを察してのことだろう。クリスティンは博物館の正面玄関に通じる人けのない通路へと出た。

「もう帰るのか？」

　背後の巨大な石造りの階段から声がした。がらんとした建物内に声が響き渡る。

　今回はクリスティンも冷静だった。「ええ」

「だったら、車で送っていく」

　アナトールは大股で近づいてくると、彼女の腕を取ろうとした。

「ありがとう、でも車を待たせているから」

　クリスティンはあとずさりし、早足で外へ出た。ありがたいことに、広い歩道の縁石に運転手つきの車が待機しているのが見える。

彼女は振り向いてアナトールを見た。彼はかつてないほど背が高くて威圧的に見える。それでも顎を上げて口を開いた。「アナトール、わたしを放っておいて」

そう言い残し、決然とした足取りで車へ向かったが、アナトールはついてきて車のドアを開けた。すばやく車に乗ると、驚いたことに、彼もあとから乗りこんできた。

アナトールがきっぱりと言う。「ぼくの車は返した。きみの滞在先まで送っていく。どこに泊まっているんだ?」

渋々といった感じで、ティアはホテルの名前をあげた。一流だが流行の最先端ではない、静かなホテルだ。いかにも伯父らしい選択だ。

アナトールがそう言うと彼女はうなずいた。

「ええ、ヴァシリスがいつも好んで使っていたホテルなの。古風だけれど落ち着くと。それにすてきな屋上庭園があるの――ロンドンでは珍しい――」

クリスティンは口をつぐんだ。意に反して、思い出がよみがえる。アナトールのロンドンのフラットにある緑の屋上のテラスだ。大都市は好きじゃないと彼は言っていた。

一瞬、沈黙があった。アナトールも思い出しているのだろうか?

もしそうなら、なんだというの?

反抗的な気分になり、クリスティンは彼となるべく距離を置いて座ろうとした。仕切りのガラス越しに運転手のミスター・ヒューズがいるから、アナトールと完全に二人きりになることはない。ただ、そうわかっていても心臓が早鐘のように打っている。胸の鼓動を落ち着かせたい。ここは冷静になり、自制心を発揮しなければ。

　アナトールの声が聞こえ、クリスティンの意識は現実に引き戻された。

「きみに言いたかった」彼は言いにくそうに硬い口調で言葉を継いだ。「今夜のきみはすばらしかった。うまく対処していたと思う。ヴァシリスもきみを誇りに思うはずだ」

　クリスティンは目を見開き、彼を見つめた。アナトールは本気で言っているの？　わたしを見下しているのに？

「夫のためよ」彼女は静かに答え、目をそらすと窓の外を眺めた。

　車内には、手で触れられそうな彼の強烈な存在感が漂い、圧倒されそうだった。こうして彼と数えきれないほどドライブをした。たくさんの夜、たくさんの都市を……。

　でもはるかな昔――五年も前のことだ。それにわたしはもうあの頃と同じではない――ただの一ミリも。名前すら変わっている。わたしは妻となり、今は未亡人であり、母親だ。

　ふいにつらい記憶がよみがえった。妊娠していなかったと伝えた朝、怖い顔のアナトールに座らされ、話しかけられたときの記憶だ。

「ティア、わかってもらわなければいけないことがある。ぼくは結婚したくないし、子供もほしくない。きみとも誰とも。もしきみが結婚や子供を望んでいるなら、ぼくとはそんな可能性はないという事実を受け入れてくれ。何があってもだ」

　アナトールは彼女の目を見つめた。

「ティア、きみが好きだ。きみはとてもかわいいし、一緒にいると本当に楽しい。だが、きみが妊娠を理由に無理に結婚しようとするなら……耐えられない。ぼくは父親になるつもりはない――妊娠しても結婚できるなどと思わないでくれ」

　彼はさらに言い聞かせようとした。

「だから今後は、こんな恐ろしいことはしないでほしい。時差のせいで〝ぼんやりする〟のはよしてくれ」彼は冷たい目をし、とげとげしく言い放った。「もしその話が本当だとしたら」

　彼が威嚇するように立ち上がった。ティアは長身の彼を見上げながら、膝の上で手をきつく握りしめていた。うまく息ができない。

「ティア、もし子供がほしくても、ぼくとのあいだではありえない。わかってくれ」彼はさらに硬い表情になった。「もしぼくとのあいだでそんなことを望んでいるなら――すぐにここから出ていったほうがいい」

フラットから会社へ向かう彼を見送っているうちに、ティアの視界がぼやけてきた。嗚《お》咽《えつ》がもれそうだった。彼が出ていくなり、彼女は浴室に駆けこみ、押し殺していた涙を流した。

ティアが心から願っていたことは、彼がいちばん願っていないことだった。そう思い知らされて、彼女の心は粉々に砕け散った。

ティアは泣きはらした目で、洗面器の脇に置いた小さな長方形の箱を見つめた。昨日届けられた検査キットだ。答えを知るのが恐ろしくて使えなかった。

結局、生理がきて検査の必要はなくなった。でも箱を見ていると急に恐ろしくなった。

大丈夫、絶対に妊娠していない。彼にずっと求めてもらうには、それしかないのだから。

ティアは目を閉じた。アナトールにはわたしを求めてほしい。どうあっても。

だから検査をしてみることにした。必要がなくてもだ。検査をせずにいられなかった。

検査を終え、ティアは小さな白いスティックをじっと見つめた……。

車がホテルの前にとまると、アナトールは身を乗り出し、クリスティンのためにドアを開けてくれた。

彼女が振り返っておやすみなさいと言いかけると、車からおりた彼がホテルの入り口を一瞥《いちべつ》して言った。「話がある。二人きりで」

アナトールは彼女の肘を取り、中へといざなった。手を振り払いたいところだが、ミスター・ヒューズとドアマンの前で醜態を演じたくない。クリスティンは渋々彼に従った。

建物の中へ入ると、彼女はすぐ体を引いた。

「それで?」断固とした表情のまま、クリスティンは両眉をつりあげた。

アナトールからロビー近くの小さなバーを目配せされ、彼女はぎこちない足取りでテーブルへ向かい、腰をおろした。ありがたいことにほとんど人がいない。彼女がコーヒーを注文すると、アナトールはコーヒーとブランデーを注文した。

飲み物が運ばれてくると、彼が口を開いた。

「ロンドンにいるヴァシリスの事務弁護士から電話があった」

クリスティンは彼を見つめた。どうしても意識してしまう。すらりと背が高く、優雅な体つきも、切なくなるほど懐かしいアフターシェーブローションの香りも、遅い時間になって濃くなっている顎の髭《ひげ》も。

あの顎に指先を滑らせ、情熱に身をまかせられたらどんなにいいだろう……。

でも彼女はそんな物思いを再び振り払った。

「伯父の遺言の内容を聞かされた。なぜきみは彼の遺産を全額を相続しなかった?」

「もともと、そんなつもりはなかったわ。あなたが勝手にそう思っていただけよ」

彼は片手をあげた。

「伯父は全額を信託財産として息子に遺《のこ》していた。きみはささやかな金額しか受け取っていない。あとはすべてニッキーのものだ！」

「わたしが受け取る金額はささやかとは言えないわ。毎年三万ポンド以上もあるのよ」

「はした金じゃないか！」

クリスティンは顔をこわばらせた。「あなたにとってはそうでしょう。でも、わたしには十分な金額だわ。十分すぎるほど。ヴァシリスと結婚したとき、わたしは一文なしだったのだから――あなたが思い出させてくれたとおりに。すべてニッキーが相続して当然よ。それに――」彼女は皮肉っぽい目で彼を見た。「知ってのとおり、ニッキーが未成年のあいだ、わたしはずっとあの子の相続遺産の恩恵を得られるわ。アン女王朝様式のカントリーハウスに住めるし、ニッキーが成人するまで息子の財産を全額好きにできるのよ」

「だが、きみが自由にできるのは年三万ポンドだけだ」

彼女はかっとなった。「アナトール、わたしが何にお金を使うというの？　もう一生困らないくらい洋服を持っているし、この前あなたに言ったとおり、世界中を飛びまわってスキャンダルの種になるつもりもない。わたしはただ、今と同じ暮らしがしたいの。自分のためだけでなくニッキーのためにも。今までずっと息子が育ってきた場所で暮らしたい。友人もいるし、ヴァシリスを大切にしてくれた知人もいる。ニッキーを連れて旅行に出かけたいときは、もちろん信託財産を使うことができる。わたしは自分のためには何もいらない。あなたはまったく正反対のことを考え、わたしをさんざん非難していたけれど！」

アナトールはブランデーに手を伸ばし、いっきにあおると、グラスをテーブルに置いた。

「そう言われても反論できない」彼は震える息をつき、表情も声音も変わっていた。「それどころか謝らなければならない。ぼくはきみにひどいことを言ってしまった――」

アナトールはコーヒーに手を伸ばし、また戻した。別人を見つめるように彼女を見る。

彼女は違った。ティアはぼくが考えていたような、財産目当てで男を誘惑する強欲な女ではなかった。弁護士の話によると、ヴァシリスに全財産をニッキーに相続させるよう言ったのは彼女で、自分はわずかな年収以外受け取ろうとしなかった。

ぼくの予想とは全然違った。だが、それで……。

〝すべてが変わる〟

ヴァシリスの息子の存在を知ったとき、思わず口にした言葉だ。脳裏にその言葉がこだまする今、アナトールにはどうしても言わなければならないことがあった。あの少年を慰めるために脇へかがんだとき、胸を満たした奇妙な感情を思い出し、彼はやむにやまれぬ衝動に駆られている。

「ニッキーに会いたい。今すぐ」

ティアはたちまち無表情になった。

「あの子は血縁であるぼくのことを知るべきだ。たとえ――」アナトールは言葉を切った。

ティアが無表情のまま、辛辣な口調で補う。

「たとえあの子の母親がわたしでも？」

「そんな意味では――」

〝ぼくがこの前、きみを夫の財産狙いだと非難したとしても〟と言いたかっただけだ。とはいえ、ティアが三十歳も年上の男を説得し、結婚にこぎつけ、贅沢な生活を手に入れたのに変わりはない。だからこそ彼女を非難した。それ以外に、ティアがぼくを捨てて伯父と結婚した理由など考えつかない。

彼はまたしても混乱と葛藤を覚えた。

「いいえ、そう言いたかったはずよ」クリスティンが辛辣な口調で反論した。「アナトール、わかってほしいの。わたしと結婚して子供を作るのを望まなかったのはあなたよ。でも、あなたの伯父様は違った。わたしと結婚したのは、ヴァシリスの選択なのよ。もしそうではないと考えているなら、あなたは伯父様を侮辱しているのも同然よ。わたしたち夫婦の結婚にあなたの承認は必要なかったの」

彼がこぶしを握りしめ、感情をあらわにしたのに気づいたが、クリスティンは何も聞く気になれずに立ち上がった。もう疲れ果てていた。守ってくれたヴァシリスが恋しい。でも、夫はもういない。わたしはこの世に一人ぼっち。最愛のニッキー以外味方はいない。息子はこの世界でいちばん大切な存在だ。わたしが結婚したのは、まさにあの息子のためなのだから。

アナトールは、ティアが優美な身のこなしで歩き去るのを見送った。かつてこの腕の中に抱きしめ、親密な仲になった女性だ。なのに、今は他人のように思える。

頭が混乱し、心が千々に乱れている。自分でもその理由が理解できない。

だが一つだけ理解できていることがある。

今の彼女があらゆることに対処できる、シックな装いの大人の女性に変身をとげたことだ。展示会のスピーチもそつなくこなしていた。ぼくと会わなかった五年間で、彼女は古代の遺物の専門知識を身につけたに違いない。

ニッキー。祖父のように考えていた男性を失い、今あの子を育てるのは母親しかいない。父方の親族や遺産の詳細を何も知らされずに。

アナトールは厳しい表情を浮かべた。そんなことがあってはならない。ぼくはヴァシリスにも、あの男の子にも借りがある。

彼は罪悪感にも似た深い後悔に襲われた。ティアに去られてから五年間、伯父はときどき連絡をくれて、和解を申し出てくれた。

ぼくは無視した。ことあるごとに。

だが、ヴァシリスの小さな息子の存在は無視できない。無視するつもりもない。

あの子にまた会いたい！

ニッキーに電車の絵を描いたらどうだと話したときの記憶が再びよみがえる。遠い昔、伯父はぼくに同じように話してくれた。父は息子にはまるで興味がなく、ぼくをときおり訪ねてくれたのはヴァシリスだけだった。

ニッキーにそんな子供時代は送らせない。

あの子にはぼくがいる。そう伝えたい。

そのためにティアと――いや、クリスティンと――顔を合わせることになっても我慢しなければ。

彼は一瞬不安になった。本当に耐えられるのか？ ニッキーの成長を見守り続けるあいだ、何年も彼女と顔を合わせられるのか？

確かに問題ではあるが、今はそのことについて考えたくなかった。

7

「ママ、見て！」

　クリスティンは乳母のルースとのおしゃべりをやめ、興奮した様子の息子のほうを見た。

　みんなで外に出て、庭で春を満喫しているところだった。ニッキーは長椅子に座り、脇にいる若い男性から携帯電話の写真を見せてもらっている。

　乳母が休憩をしに立ち去ると、クリスティンは行って長椅子に腰かけた。ニッキーを膝の上にのせ、男性に笑みを向ける。「何を見せているの、ジャイルズ？」

　彼はにやりとした。「昨夜ジュノーが産んだ子犬たちだよ。ニッキーに見せたくて」

「一匹はぼくのものだ！　そう言ったよね、ママ？」ニッキーが甲高い声を出す。

「ええ、確かに約束したわね」

　それについてはジャイルズ・バーコートや彼の両親と話し合ってきた。村の大地主であるバーコート家は、地所内にあった家をヴァシリスに売却した売り主でもある。彼らは常にクリスティンたちを気にかけてくれ、ニッキーも子犬を飼えばパパウを失った悲しみを癒やせると助言してくれた。こうして喜びに顔を輝かせる息子を見ていると、彼らの意見が正しかったとよくわかる。

　ジャイルズは続けた。「どの子がいい？　よその家へもらわれていく準備ができるまで何週間かかかるけど、うちに来てくれたらいつでもどの子がいいか選べるよ」

　クリスティンと同年齢のジャイルズは感じがいい。サイレンセスターで農業を勉強し、代々受け継がれてきた土地で父親と農場経営に携わる、村のはえぬきの若者だ。

「ところで」ジャイルズは快活な笑みを向けて続けた。「母さんが、来週の金曜に夕食を一緒にどうかって。妹と子供たち、それに家事手伝いの若い女の子も来るから、ニッキーも退屈しない。妹の子供たちも子犬をほしがっているから、選ぶときに大変かもしれないけどね。どうだい？」

　クリスティンはほほ笑んだ。彼らが親切心から招待してくれているのはわかっている。ヴァシリスなしで彼らと食事をするのは胸が痛むけれど、いつかは人づきあいを再開しなければならない。バーコート家はいつもよくしてくれるし、ニッキーも喜ぶだろう。

「ありがとう、うかがうわ！」彼女の答えに、ジャイルズはさらに温かな笑みを浮かべた。

「よかった！　母さんに伝えておくよ」

　彼が何か言おうとしたとき、家の脇にある砂利道から足音が聞こえて、クリスティンは顔を上げた。

たちまち衝撃と困惑を覚え、低い声で言う。

「アナトール……」

アナトールは車をとめ、話し声を聞きつけて直接庭へやってきたに違いない。大股で近づいてくる。前回のように黒いスーツ姿でもなく、ロンドンでのようにタキシード姿でもない。今回はジーンズにカシミアのセーター、それに革のジャケットといういでたちだった。

何げない装いなのに……。

とても魅力的だった。

クリスティンの脳裏に記憶が一挙によみがえり、胃が締めつけられる。アナトールが立ちどまり、彼女たちを見まわすあいだ、さらに落ち着かなくなった。突然手から力が抜け、膝の上でニッキーが身をよじるのがわかった。

ニッキーは喜びに顔を輝かせ、アナトールの前へ飛びだした。「来てくれたんだね！　ぼく、パパウのために絵を描いたんだ！」

アナトールはしゃがみこみ、笑みを浮かべた。「本当に？　あとで見せてくれないか」

ニッキーの興奮ぶりを目のあたりにし、アナトールは抑えがたい感情に貫かれ、笑みを広げた。嬉々《きき》として迎えてくれるいとこと、なぜこうも長く疎遠でいられたのだろう？

「うん！　お部屋にあるよ。ぼくの子犬も見に来て！」

彼はアナトールの手を取り、長椅子へ引っ

張った。ジャイルズがすぐに立ち上がった。

「子犬？」アナトールは尋ねた。

彼はニッキーを見つめると同時に、ティアの存在も意識せずにいられなかった。彼女は青ざめた顔で表情を押し隠している。〝あなたにはここにいてほしくない〟――彼女の全身からそんな心の声が発せられていたが、そんなことは気にしない。ここにいるのはティアのためでなく、ニッキーのためだ。彼は小さないとこにしか関心がなかった。

彼女が長い髪を髪どめでさりげなく一つにまとめ、薄手のセーターとジーンズ姿で、どんなに愛らしく見えたとしても。

「ジャイルズ・バーコートです」若者は無邪気に自己紹介した。だがクリスティンは、アナトールが鋭く彼を一瞥《いちべつ》したのに気づいた。

「隣人で、今日はニッキーにジュノーが産んだ子犬の写真を見せに来たんです」

クリスティンが見つめる中、アナトールはジャイルズの差し出した手をゆっくり取り、短く握手を交わした。

「ジャイルズ、こちらは……」クリスティンは唾をのみこんだ。「ヴァシリスの甥《おい》のアナトールよ」

ジャイルズは表情を変えた。「伯父様のことは残念でした。みんな、彼のことが大好きでした」

「ありがとう」アナトールが答える。

彼が探るようにクリスティンとジャイルズを一瞥するのを見て、彼女は背筋をこわばらせた。するとアナトールが再び口を開いた。

「子犬を飼うのはいい考えだ」

その言葉が向けられたのは彼女か、ジャイルズかはさだかでない。けれど答えたのはジャイルズだった。

「はい、あの子の気をまぎらしてくれるはずです」ジャイルズはクリスティンを一瞥し、感じよく言った。「じゃあ、これで失礼する。金曜日に会おう。少し早く来てくれたら、子供たち同士で遊べるし、子犬も選べる」

ジャイルズはアナトールのほうを見た。

「うちの両親と夕食を食べる予定なんです。あなたもぜひどうぞ」

クリスティンは、てっきりアナトールが礼儀正しく断るものと考えていた。ところが驚いたことに、彼は正反対の答えを返した。

「ありがとう――ご親切に」

「よかった！ ではそのときに。じゃあ、ぼくはこれで！」ジャイルズはニッキーに手を振り、立ち去った。

アナトールはジャイルズを見送った。屋敷の背後の駐車場にとめてある、タイヤが泥だらけの四輪駆動車の持ち主は誰かといぶかっていたが、今その答えがわかった。

彼はクリスティンに向き直り、柔らかな口調で尋ねた。「きみの崇拝者か？」だが心の奥底では、別の感情を感じていた。具体的にどんな感情かはうまく説明できないが。

クリスティンは怒りに瞳をきらめかせた。生々しく猛烈な怒りを感じる。だが彼のあざけりにまともに応えるつもりはない。代わりに尋ねた。「アナトール、なんの用？」ロンドンで彼に再会してから二週間が経《た》とうとしている。今後はニッキーと積極的に関わりたいと言っていたが、彼があきらめて、立ち去ってくれるといいと考えていた。

けれど彼の言葉を聞いて、考えが甘かったと思い知らされた。「今すぐニッキーに会いたいと、この前言ったはずだ」

アナトールを強く引っ張り、彼の注意を引こうとしている息子を意識するあまり、クリスティンはこう答えるしかなかった。「前もって電話をしようとは思わなかったの？」

「ヴァシリスの息子に会うのにいちいち許可が必要なのか？」彼は再びなめらかな口調で答え、ニッキーのほうを見て話しかけた。「ではきみの描いた絵を見せてくれないか」

「うん――いいよ！」ニッキーが叫ぶ。

クリスティンは息を吸いこんだ。「わたしが案内するわ。乳母のルースは今休んでいるから」

彼女は彼を家の中に案内した。胸がどきどきしているが、なんとか落ち着きを保とうとする。背後でアナトールの低い声とニッキーの甲高い声が聞こえ、胸が締めつけられる。

　中へ入ると大きな階段をのぼり、踊り場にたどり着いた。そこから伸びる別の階段が屋根窓の下にある子供部屋に通じている。

　足を踏み入れてすぐにアナトールは気づいた。贅《ぜい》を尽くした子供部屋だ。揺り木馬やおもちゃの電車、それにおもちゃの車でいっぱいの小さな車庫、テディベアをはじめとするさまざまなコレクションでいっぱいだ。壁には幼児教育用の色鮮やかなポスターが貼られ、大きな本棚にも本がずらりと並べられている。

　屋根窓の脇に大きな机があり、近くの壁に掲げられた掲示板には、赤い車輪の青い電車の絵が飾ってある。ほかにも絵が数枚、ピンで留められていた。その上に記されているのは手書きの文字だ。〝パパウのために〟――たくさんのキスマークがそれに続いている。

　アナトールはふいに胸が苦しくなった。これは明らかに、愛情たっぷりに育てられた子供の部屋だ。

「ほら、これだよ！」ニッキーは掲示板へ駆け寄り、椅子にのぼって電車の絵を指差した。

　それからほかの絵も次々と指差した。赤い車、緑の扉と煙突がついた家、体が棒で描かれた大きな顔の三人。キスマークで囲まれた笑顔の三人の下には、一生懸命に書いた太字で〝パパウ、ママ、ニッキー〟とある。

「これがぼくのパパウなんだ」ニッキーが言

う。「今は天国にいるけど、また会える」不安げなまなざしでクリスティンを見つめた。「そうだよね、ママ？」

　自信たっぷりに答えたのはアナトールだった。「ああ、そうとも。ぼくら全員が会える。そうしたら大きなパーティを開くんだ」

　ニッキーの目から不安が消え去った。いまや興奮に大きく見開かれている。「パーティ？　風船やケーキもある？」

「もちろん」アナトールは机の向かいの椅子に腰かけた。「もっと絵を描いたらどうかな？　ほら、ぼくの絵がまだないだろう？」

「今すぐ描くよ」ニッキーは絵の具箱と机の上にある画用紙をつかむとアナトールを見た。

「ねえ、ぼくも描いて」そう言うと、大きないとこに絵筆と画用紙を渡した。アナトールは笑顔でそれを受け取った。

「水が必要ね」クリスティンが言う。

　彼女は子供部屋から出て、ニッキーの寝室と乳母のルースの私室に隣接する浴室へ向かった。水差しを満たしながら大きく息を吸いこみ、まばたきをする。けれどもすぐに戻り、机の上に水差しを置いた。

「ママ、ありがとう」ニッキーが礼を言う。

　乳母のルースはマナー教育に熱心のようだ。

「楽しんで、おちびさん」彼女は答えた。

　クリスティンは部屋から出た。出る必要があった。息子とアナトールから目を離さなければならない。顔を寄せ合いながら絵を描くのに夢中になっている二人から――どちらも黒い瞳で、濃い色の髪。そっくりだ……。

　階段の踊り場までおり、ふと考える。アナトールはいつまでここにいるつもり？　今夜泊まる気なのだろうか？

　まさか――そんなことは許されない！

　押し寄せるパニックにのみこまれそうになったが、どうにか理性を取り戻した。もちろん彼がここに泊まるはずがない。たとえ亡き夫の甥であっても、未亡人の自宅に泊まるのは不適切きわまりない。

　だけど彼が今夜ロンドンへ戻らず、近くの町にあるホワイト・ハートに泊まることになったら？　富裕層が住む地域にある高級ホテルだから、彼も満足できるだろう。一年のこの時期なら空室があるはずだ。そのとき、クリスティンはふと気づいた。わたしはとりとめもないことを考え、いちばん考えたくないことを遠ざけようとしている。

　額を寄せ合うアナトールとニッキー。なんて似ているのだろう。本当にそっくりだ……。

　だめよ！　そんなことを考えては！　あれはけっして起こるはずのない過去。アナトールはわたしとの子供を望んでいなかった。わたしとの結婚も……。

　痛みがふつふつとわき上がる。ばかげたおとぎ話に夢中だったあの頃のわたし。なぜあんなに愚かだったのだろう。

クリスティンは階下にある居間へ行き、ホワイト・ハートに電話をしてから、ミセス・ヒューズに予定外の客がディナーに加わるかもしれないと伝えた。頭は目まぐるしく回転していて気が休まらない。

彼女は顔をこすった。アナトールが立ち去ってくれたらいいのに。ヴァシリスが生きているあいだ、彼は近づこうとしなかった。まるでわたしが猛毒か汚染物質みたいに。でも今の彼がニッキーと会う気になっているなら――しかも彼が来ることで、ニッキーがあれほど元気になり、喜んでいるなら……。

どうしてわたしにアナトールの訪問をとめられるだろう？　ニッキーをもっとよく知ろうとしている彼を、どうしてとめられる？

そのことは考えたくない。今はまだ。

彼女は叫び声をあげそうになりながらも押し殺し、ヴァシリスの基金のファイルを家政婦に持ってこさせると、書類仕事に没頭した。

内線電話が鳴ったのは一時間後のことだ。休憩を終えた乳母のルースが、ニッキーの夕食の時間をどうするか尋ねてきた。

「今夜はあの子と一緒に夕食を食べるわ」クリスティンは答えた。アナトールが夕食をここでとるつもりなら、息子の存在がわたしを彼から守ってくれる。

二十分後、家政婦が扉から顔を出した。

「ニッキーとミスター・キルギアキスが階下《した》に向かっています。夕食の準備もできました」

クリスティンは礼を言い、立ち上がった。わざわざ着替えるつもりはない。最高級の装いをしている。アナトールはジーンズとセーターだし、ニッキーはガウン姿のはずだ。

ダイニングルームへ入ると、アナトールとニッキーが壁の絵について話していた。凍った運河でスケートを楽しむ人々の絵だ。

「ぶるる！　寒そうだ！」アナトールが大げさに体を震わせる。

「クリスマスだから、雪だらけなんだ」

「この家で雪のクリスマスを過ごしたことはあるかい？」

ニッキーは首を左右に振った。「ううん」

アナトールはドア口に立つ彼女を見つめた。「きみのママとぼくは昔、雪のクリスマスを過ごしたことがある――きみが生まれるずっと前のことだ。ママは覚えているかな？」

彼から煉瓦《れんが》を投げつけられたとしても、これ以上の恐怖に襲われることはなかっただろう。衝撃のせいで、クリスティンは答えることも動くこともできなかった。

彼女の反応に気づかなかったかのように、彼は直接話しかけてきた。「一緒に行ったあのスキーリゾートはスイスだっただろうか？　ぼくはスキーで滑りおりたが、きみはスキーができなかったからトボガンで滑りおりた」

　クリスティンは真っ青になり、口をあんぐりと開け、再び閉じた。きっと、わざとだ。彼は二人で過ごした忘れがたいクリスマスの思い出話をわざと口にしている――。

「トボガンって何？」ニッキーの無邪気な質問を聞き、クリスティンは心から安堵《あんど》した。

　質問に答えたのはアナトールだが、彼にとってもそのほうがありがたかった。彼は自分の正気を疑った。ティアに――彼自身にも――スイスで過ごしたあのクリスマスを思い出させようとするなんて。

　ぼくがここに来たのは過去を蒸し返すためでも、記憶を呼び起こすためでもない。今大切なのは未来だ。ヴァシリスの息子の未来。ただそれだけだ。

　彼は明るい調子で答えた。「小型のそりみたいなものだ。それに乗って雪が積もった丘を滑りおりるんだ。いつかきみものせてあげよう。それにスキーも教えてあげよう。スケートもね。この絵のように」

「ぼく、この絵が好き」ニッキーが答える。

「ああ、その価値がある絵だ」アナトールはそっけなく答え、彼女を一瞥した。「知る人ぞ知る、オランダの画家の作品だ」

「クラース・ファン・デル・ヘルトよ」やむにやまれぬ衝動に駆られ、クリスティンは思わず言った。何か言わなければ、アナトールとの思い出に溺れてしまいそうだった。あのクリスマスイブ、わたしたちは愛し合った。赤々と燃える暖炉のそばの、大きなシープスキンのマットの上で……。

そのとき、アナトールが驚いたような目で見つめているのに気づいた。

彼女はかすかに笑みを浮かべ、ニッキーに注意を向け、息子を椅子に座らせると、食卓の末席に腰をおろした。アナトールの席はニッキーの真正面だ。上座は空席のままだった。

席に着いたとたん、改めてヴァシリスの不在を思い知らされ、彼女の心に鋭い痛みが走った。夫が座っていた上座をぼんやり眺める。

「ヴァシリスが恋しいのか？」

クリスティンはアナトールを見た。その顔に浮かんでいるのはこれまでとは異なる表情だ。疑《うたぐ》り深くも皮肉っぽくも、ばかにしてもいない。どこかもの問いたげな表情だった。

彼女は目を細めた。「どうしてそう思うの？」言い返してグラスを手に取ったが、水が入っていないのに気づいた。

アナトールは食卓にある水差しに手を伸ばし、彼女と自分のグラスを満たした。「わからない」ゆっくりと答え、唇を引き結ぶ。「わからないことがたくさんある。たとえばきみがオランダの画家を知っているとは思わなかった。古代ギリシアの彫刻や文学についてもだ。だけど、どうやら、きみにはその種の知識があるらしい」

「あなたの伯父様はすばらしい先生だった。彼から五年近く個人授業を受けたの。夫は辛抱強くて優しく、無限の知識を持ち――」

クリスティンはそれ以上続けられなかった。声がかすれ、目がかすみ、あわててまばたきをする。

「ママ？」

ニッキーの心配そうな声を聞き、クリスティンは涙を振り払うと、かがみこんで息子の小さな頭にキスをし、明るい声で言った。

「ニッキー、ママは大丈夫よ。ミセス・ヒューズはパスタを作ったと思う？」尋ねるまでもない。家政婦は、ニッキーが階下で食事をするときは必ずパスタを作るのだ。

「うん！ ぼく、パスタが大好きなの！」ニッキーがアナトールに言う。

アナトールは笑みを浮かべて答えた。「ぼくもだ。それに」秘密を共有するように言う。「きみのママもだ！」

アナトールの視線が横にずれた。また彼女に話しかけている。どういうわけか、自然に言葉が口をついて出てくる。

「きみが料理を作るときはいつもパスタだった。覚えているかい？」

クリスティンはめまいを覚えた。当然でしょう？

二人で過ごした時間を忘れるわけがない。

なんだって覚えている。むしろ日が経つごとに記憶に深く刻まれていくようなのに！

彼女がグラスに手を伸ばし、水を飲み干したとき、ちょうど扉が開き、ワゴンを押してミセス・ヒューズが入ってきた。

「パスタだ！」ニッキーが叫ぶ。家政婦を手伝おうと、クリスティンは立ち上がった。

息子にはもちろんパスタだが、アナトールと彼女自身には、もう少し手の込んだものが用意されていた。絶妙な味つけのラム肉を煮込んだラグーソースに、トウモロコシの粉で作ったポレンタのグリルとインゲンマメが添えられている。

正式なコース料理ではない。ニッキーは三品のコースもまだ我慢できず、最初に好物を食べたがるからだ。

クリスティンが料理をテーブルの上に並べていると、ミセス・ヒューズがアナトールの前に赤ワインのボトルを二本置いた。

「勝手ながら、旦那様の貯蔵室からお持ちしました。お気に召さない場合に備えてまだ栓は抜いておりません。いかがでしょうか？」

何も言わなかったが、クリスティンは強い憤りを覚えた。ミセス・ヒューズは亡き夫の代わりに、アナトールをこの家の家長のように扱っている。それでも家政婦を困らせたくなくて、何も言わなかった。

「どちらもよい選択だ。だが、こっちだと完壁だろう。ありがとう!」アナトールはボトルを選び、残りのボトルを家政婦に手渡した。

「よかった」ミセス・ヒューズは顔を輝かせて答えると、クリスティンを見た。「ミスター・キルギアキスは今夜お泊まりになりますか? 青の間をご用意できますが――」

クリスティンは即座に首を横に振った。

「ありがとう。だけど、いいの。マローにあるホワイト・ハートに部屋を取ったから」

「かしこまりました」ミセス・ヒューズは部屋から出ていった。

クリスティンはアナトールの視線を感じた。

「そうなのか?」彼が尋ねる。

「ええ」彼女は硬い口調で答えた。「今夜、車でロンドンへ戻れない場合に備えて」

「ホワイト・ハートなら申し分ない」

そっけない答えだったが、彼の答えはクリスティンを不安にさせた。心が乱れている。

クリスティンはニッキーを見た。「感謝のお祈りは?」

ニッキーは両手を重ね合わせた。「主よ、たくさんのごちそうをありがとうございます」アナトールに笑みを向け、つけ加える。

「いい子にしていたら、神様はデザートも食べさせてくれるんだよ。ジャイルズが教えてくれた」

「そうなのか?」アナトールはワインの栓を抜いてグラスに注《つ》ぐと、ナイフとフォークに手を伸ばし、ティアのほうを向いた。「金曜日のディナーについて教えてほしい」

「教えることなんてないわ」冷静な声を保ったまま、彼女は答えた。

アナトールの冷たい声に気づいたが、クリスティンは気にせず食事を楽しむことにした。ジャイルズとわたしの関係を、アナトールがどう考えようと関係ない。何を言っても無駄だろう。すでに彼は非難がましい目でわたしを見ている。いつもこうだ。

「特別なごちそうは期待しないで。でも、もてなしは最高よ。バーコート家は典型的な地主タイプなの。土地を持っていて犬や馬が大好きだし、とても優しくておおらかだわ。ヴァシリスはあの家の人たちが大好きだったの。たとえゲインズバラに描かせた先祖の肖像画が二枚、ほこりにまみれていても。夫はきれいにすると申し出たけれど、彼らはモデルが不細工だからそんな必要はないと言ったの。ただし」さりげなくつけ加えた。「彼らが所有しているスタッブズの絵の状態は最高よ。今でも狩猟馬を飼育しているの。それこそ絵の中から抜け出してきたような狩猟馬よ」

アナトールは声をあげて笑った。

それはクリスティンが五年ぶりに聞く笑い声だった。たちまちなんともいえない感情に包まれた。そして、彼の笑った口元と細めた目のふちに寄るしわを見た瞬間にも。

クリスティンは胃が締めつけられ、ナイフとフォークを持つ手に力をこめた。頬が赤らみ、思い出が万華鏡のように突然よみがえり、蝶《ちょう》に姿を変えて心の中を舞い始める。それからふいにマシンガンの一斉射撃を浴びたかのように粉々に砕け散った。

「彼らに会うのが楽しみだ」彼女を見つめたまま、アナトールは硬い声で言葉を継いだ。「ジャイルズ・バーコートはきみには釣り合わない。二番めの夫としては」

クリスティンは彼をじっと見つめた。またしてもばかにされ、つらくなる。彼は今夜、ずっとこんなことを続けるつもり？ わたしが恐れていたのはこういうことではなかったの？ わたしに対する彼の敵意が、息子に悪影響を及ぼすのではと懸念していたのでは？

「ええ、わたしだって気づいているわ」彼女はぎこちなく答え、ワインをひと口飲んだ。ニッキーがパスタを平らげるのに夢中で、こちらに注意を払っていないのがありがたい。「十六世紀から大地主だった一族の息子の妻に、わたしがふさわしいわけがないもの！」

アナトールが怒ったような口調で言う。「ぼくが言いたいのはそんなことじゃない」彼はワインをひと口ぐっと飲み、グラスをマホガニーのテーブルに置いた。「ぼくが言いたいのは、この数年でヴァシリスが……きみを変えたということだ。ティアー――クリスティン、きみは見違えるほど変わった」

「大人になったのよ」穏やかだが決然とした口調で答え、彼女はニッキーを見つめた。

「それに母親になったから。この子はわたしの人生に意味を与えてくれた。わたしはこの子のために生きているの」

そのとき、ニッキーが大げさな喜びのため息をつき、小さなナイフとフォークを置いた。

「ぼく、食べた！」期待するように母を見つめる。「プリンは？ アイスクリームかな」

「プリンをいただけますか、でしょう？」クリスティンは優しい声で訂正した。「そう、デザートの時間ね。だけど、もう少し待って。あなたの……いとことママはまだお食事中だから」

「ぼくがニッキーのいとこだなんて不思議だな」アナトールが言う。「ぼくの年齢なら彼の——」

彼は突然口をつぐんだ。続くはずの言葉が二人のあいだに漂う。彼はグラスに手を伸ばしてワインを飲み干すと、お代わりを注いだ。

どうしてもニッキーに目が行ってしまう。

ぼくの息子だったかもしれない。もし——。

考えるな。当時のぼくはそうなることを望んでいなかった。

だが、ティアはそうなることを心から望んでいた。だからぼくを置き去りにし、伯父のもとへ走ったのだ。

クリスティンの言葉が脳裏によみがえる。

〝わたしと結婚して子供を作るのを望まなかったのはあなたよ。でも、あなたの伯父様は違った。わたしと結婚したのは、ヴァシリスの選択なのよ〟

アナトールは胸がよじれるようだった。そんなことが本当にありえるのか？　ずっと独身だった伯父が息子をほしがるだなんて？

たとえ本当だとしても、なぜよりによってティアを妻に選んだんだ？　甥の元恋人で三十歳も年下だというのに！　もし妻を望むなら、伯父と身分も国籍も同じで年が近い、出産可能な女性がいくらでもいたはずだ。

アナトールは彼女を見た。

やはり、ティアが伯父を罠《わな》にかけたのだ。そうとしか説明がつかない。伯父の優しさにつけこんで、ぼくに拒まれたと打ち明けて伯父の同情心をあおったに違いない。

アナトールはまたしても元の結論に達した。今大切なのは、ティアがどうやって伯父に結婚を承諾させたかではない。本来ならいるはずの父がいないまま、目の前に座る男の子が成長していかねばならないという事実だ。

息子を人生の中心と考え、愛情たっぷりに優しく守ってくれる父親がいて当然なのに。

アナトールは視線を上げ、末席に座る女性を見た。彼女の意識が向かっているのは彼ではなく息子だ。ふいに腹部をけられたような衝撃に襲われた。今、ティアはぼくのことを忘れ、愛情たっぷりに目を輝かせながら自分の息子に話しかけている。

かつて彼女があんなふうに見つめたのは、このぼくだったはずだ――。

アナトールはどうしても彼女を見ずにいられなかった。かわいさが、今は成熟した美しさに変わっている。そして再婚しないまま、美しさがそこなわれていくのか。

とたんに、そんな考えは受け入れられないと思えてくる。あわててその理由を探そうとしていた。なぜティアが再婚する、あるいは誰かとつきあうと考えただけでこんなに不愉快な気分になるんだ？　答えは明らかだ。

見知らぬ男をニッキーの義父にさせるわけにはいかないからだ。最悪なのは、ティアの愛人たちがこの子の人生に関わってくることだ。彼らの中には、ニッキーが謳歌《おうか》するはずの贅沢な暮らしを望む者たちが大勢いるだろう。特に義父なら、ティアの厚意にすがればその権利が与えられる。しかもティアは相手を選び放題だ！

ジャイルズ・バーコートのような上流階級の若造でも、今のティアのよき夫にはなれない。しかも――アナトールの心にまた別の暗い考えがよぎった――彼女と結婚した男は自分の子供をほしがるだろう。そう、ニッキーに代わる子供たちを。どう考えても、ティアが今後わびしい未亡人生活を続けていくとは思えない。彼女はまだ三十歳にもなっていないのだから！

息子に話しかけている彼女を再び見つめてみる。なんて魅力的で美しいのだろう――。

また、けられたような衝撃を覚えた。アナトールの中で何かが生まれ、形をとり、彼の心を支配し始める。そうだ、彼女は再婚する。避けられないことだ。だが再婚相手が誰であれ、縁もゆかりもない男が、ニッキーの必要としている父親になれるはずがない。ニッキーが求めている父親になれる男は一人だけだ……。

アイスクリームを食べ終えると、ニッキーはすぐに眠ってしまった。クリスティンは食べかけのレモンメレンゲパイをあきらめ、息子をベッドに連れていこうと立ち上がった。けれどその前に、アナトールがニッキーの体を両腕に軽々と抱き上げていた。

クリスティンは二人のあとをついて階上へ上がった。顔がこわばっている。これほど自然に、優しくニッキーを運ぶアナトールを見るのはつらかった。つらくてたまらない。

あのみじめな朝、彼に言われた冷たい言葉がよみがえる。

〝ぼくは結婚したくないし、子供もほしくない〟

クリスティンは顔をしかめた。アナトールにすれば、小さないとこなら話は別なのだろう。

彼女が息子をベッドに寝かせておやすみのキスをすると、前に進みでたアナトールがギリシア語で何かつぶやいた。きっと夜のお祈りをしたのだろう。クリスティンはたちまち切なくなった。ニッキーが眠るとき、ヴァシリスがかけていた言葉だった。

息子も気づいた。「パパウの言葉と同じだね」ねぼけまなこでそう言うと、小さな顔をくしゃくしゃにし、悲しげにつけ加えた。

「パパウに会いたい」

クリスティンは本能的に前に進みでたが、すでにアナトールがニッキーのかたわらに腰をおろし、小さな手を取っていた。

アナトールは不思議でたまらなかった。なぜこれほど強く、小さないとこを守ってやりたい衝動に駆られるのだろう?

父親を亡くしたのはニッキーのせいではない。母親がヴァシリスを丸めこんで結婚にこぎつけたことも、ニッキーにはなんの罪もない。仮に――どう考えてもありえないが――ティアとの結婚が本当にヴァシリスの選択だったとすれば、伯父の息子に対するぼくの責任はとても重大だ!

だが単なる責任の問題だろうか? 冷淡で他人行儀に聞こえる。この子に対するぼくの感情は冷淡でも他人行儀でもない。これまで感じたことのない感情がとめどなくあふれだしてくる。強烈で力強く断固とした感情だ。

「ニッキー、ぼくがパパウの代わりをするのはどうかな？ パパウがきみを大切にするよう、ぼくにまかせたとしたらどうだろう？」

「うん、大切にして」ニッキーがささやく。

「約束だよ？」

「ああ、約束だ」アナトールは重々しい声で答えた。けっして言葉だけではない。心の奥底からの約束だ。

それでも、本当に大丈夫なのかという疑問も渦巻いている。みじめな幼少期を送ったぼくに、そんな約束ができるだろうか？ 今までこんな道を歩もうなどと決めたことはない。

だが、今は違う。ぼくの中にある何かを――自分に完全に欠けていると考えていた何かを呼びさましたこの子に、すべてを捧《ささ》げたい。

ニッキーがほっとした顔になり、眠そうに口の中で言った。「忘れないで……」

「ああ、忘れない」アナトールは男の子の柔らかな髪を撫《な》でた。

アナトールがニッキーのベッドのかたわらに座り、男の子の髪を撫でている。彼の表情を見た瞬間、クリスティンは喉を有刺鉄線で締めつけられるようだった。

こんなの、耐えられない……。

クリスティンは早足で部屋から出て階下に

おり、廊下へと進んだ。すぐに追いついたアナトールに〝もう帰って〟と言いかける。ところが先を越された。

「ダイニングルームに戻ろう。きみと話がしたい」

「アナトール、もう帰って――」

彼は彼女を無視し、大股でダイニングルームに戻った。クリスティンが仕方なくあとを追う。彼はさっきと同じ椅子に座ると、彼女にも座るよう促した。

「話って?」彼女は単刀直入に尋ねた。

「さっきのニッキーの言葉を聞いただろう? ぼくがパパウからあの子をまかせられたとしたらどう思うかと尋ねたら、あの子は〝うん、大切にして〟と答えた。きみも聞いたはずだ。だから……」

アナトールは一つ息をつき、口元をきつくこわばらせた。

「ぼくは心を決めた」彼の目が突然きらめき、大きく見開かれた。「ヴァシリスに代わって、あの子の人生に関わろうと思う。ぼくはきみと結婚する」

8

世界が大きく揺らいだ。今のは地震だろうか？　クリスティンは視界がぼやけ……心臓が鼓動を止めてしまったようだった。

「なんですって？」

その言葉が彼女の口から弾丸のように飛びだした。表情をなくしたアナトールの顔めがけて発射された弾丸だった。

「正気で言ってるの？」再び弾丸が放たれる。

さらなる弾丸を食いとめるように、アナトールはさっと片手を上げた。

「最後まで話を聞いてくれないか。それがこの状況にぴったりの解決法なんだ！」

クリスティンは目をきらめかせた。「この状況ってどんな状況？　解決しなければならない状況なんてないわ！　ヴァシリスはわたしと息子に十分暮らしていけるだけのものを遺《のこ》してくれた。ニッキーは夫の財産と母親の愛情に守られて、いずれパパウを失った悲しみを乗り越えて成人する。どこに問題が？」

「ニッキーには父親が必要だ。どんな子供もそういうものだ。ヴァシリス亡き今、あの子は父親の役割を果たす男を必要としている」

アナトールは彼女を見つめたまま、話の論

点を変えた。

「ティア、いや、クリスティン、きみは三十歳にもなってない。いつか再婚するのは目に見えている」彼はまた片手を上げた。「前に言ったような意味じゃない。あの言葉は取り消す。裕福な未亡人となったきみがふしだらな人生を送るような言い方をしてしまった」

　謝罪したにもかかわらず、彼女は怒りに燃える目でアナトールを見ている。それでも彼は話し続けた。そうする必要がある。

「だが再婚は避けられないはずだ。きみにご執心なのは隣のバーコートだけじゃない。ほかの男たちだっている！　別に侮辱するつもりはない。むしろ、きみを褒めているんだ」

　彼は歯を噛《か》みしめた。

「もしきみに再婚するつもりもなく、ニッキーに義理の父親を与えるつもりもないならありがたい。バーコートはいい父親にはなるだろう。だが前にも言ったように、きみにとっていい夫にはならない」

　アナトールは張りつめた表情で彼女を見た。

「それでも、ぼくならなれる」

　そして鋭く息を吸いこんだ。

「ぼくならきみにとってすばらしい夫になれる。考えてみてくれ……」

　アナトールは自分の言葉を強調するように前かがみになった。

「ぼくはニッキーの父方のいちばん近しい親

族だ。実の父親にはずっと不信感を抱いてきたが、ぼくは父とは違う。あの父なら、今のニッキーにまるで関心を示さないだろう。幼い頃のぼくと同じように」

クリスティンは初めて、彼の声ににじむ何かを聞き取った。父親を突き放すような調子のほかに、もっと別の感情が感じられる。なじみのある感情だった。彼女自身が五年前に感じた感情だ。

痛み――拒絶された心の痛み……求められていないという痛みだ。

けれど、彼女には口をはさむ間も与えず、アナトールはまだ話し続けている。

「ニッキーの父親になるのに、ぼく以上にふさわしい男がいるか？ それにきみの夫になるのにも」彼の声がかすれる。「ぼく以上にふさわしい男がいるか？」

彼の視線を全身に浴びながら、クリスティンは愛撫《あいぶ》されているように感じた。

「ぼく以上の男がいるだろうか？」アナトールが低い声で繰り返すと、彼女はまた愛撫されているような感覚を覚えた。

どうにかあらがおうとする。あらがわなければ。彼に味わわされた痛みを思い出すのよ。

なのに今、アナトールの視線が全身に注がれている。遠い昔、何度もそうされたように。

「ぼくはきみをよく知っている、ティア」彼はごく自然にその呼び方を口にした。「きみもぼくを知っている。ぼくらの相性が抜群なのは二人ともよくわかっているはずだ」

アナトールは再び息を吸いこんだ。

「それに今はもっと相性がいい。きみは成熟した大人の女性になった。落ち着きと優雅さを兼ね備え、人をそらさない。五年前はあれほど人づきあいを怖がっていたのに！　あの頃、きみは若くて未経験だった。セックスの面だけでなく……」

アナトールがさりげなく口にした言葉を聞き、頬を染めた瞬間、彼女は激しく後悔した。大金を払ってでも頬の赤みを消したかった。

「世間とのつきあい方全般でという意味だ」

アナトールは視線をそらし、口を開いた。

「当時のぼくはきみと結婚したくなかったんだ、ティア。きみだけじゃない。ほかの誰とも結婚を望んでいなかった。あの頃のぼくには結婚する理由がなかった。すべきでない理由のほうがたくさんあった。でも今は……」

視線を彼女に戻し、容赦ないまなざしで射抜く。「ちゃんと理由がある。ニッキーのためにきちんとした家庭を作るんだ。愛にあふれた家庭を――」それ以上続けるのが難しくなったかのように、彼の言葉は途切れた。

クリスティンは鋭いため息をついた。「わたしを見下している夫なんていらない」

簡潔な言葉に激しい怒りがこめられていた。

「そんなことはない。見下してなど――」

「嘘《うそ》よ！　あなたはわたしを財産目当てであなたの独身の伯父をたぶらかし、結婚指輪をはめさせた狡猾《こうかつ》な女だと非難した。おまけに、わたしがあなたにも同じことをしたと考えていた。あなたと結婚するためにわざと妊娠するような女だと！」

　アナトールは無表情になった。「きみがヴァシリスと結婚した理由がなんであれ、伯父を亡くしてもきみが何も受け取ろうとせず、すべてを息子に託したのは事実だ」

　彼はまた視線をそらし、顔をしかめた。突然今まで思いつきもしなかった考えが浮かんだ。ティアが年の離れた伯父と結婚したのは財産目当てではなく、子供がほしい一心だったからなのでは？　そうでなければ、彼女が亡き夫の遺産の筆頭相続人になるのを固辞した理由が説明できない。

　アナトールは彼女の目をまっすぐ見つめた。「きみはなぜ伯父と結婚したんだ？」

　彼女は顔をこわばらせた。「そのことは話したくない。あなたの好きなように考えて」

　そして突然立ち上がり、そっけない口調で言う。「そろそろ帰る時間よ」

　アナトールも威嚇するように立ち上がった。

　クリスティンは記憶が呼び覚まされ、心の中で過去と現在が混じり合い、区別がつかなくなるようだった。目の前に立ちはだかる男の前で、自分がいかに無力か思い知らされる。

漆黒の瞳で一瞥《いちべつ》されるだけで、この体をとろけさせる男。彼はわたしの感覚を生き生きさせ、全身の血をたぎらせる。

その彼がわたしと結婚したがっている――。

「返事は急がなくていい」アナトールが言う。

彼の視線はわたしに注がれたままだ。けれど、これは現在。過去ではない。過去は過ぎ去り、もう戻らない。戻れないのだ。

ありったけの力を振り絞り、クリスティンは自分を取り戻した。「今すぐ返事をするわ。あなたの提案は正気を疑うとしか言いようがない。それがわたしの返事よ。少しでも理性が残っていたら、明日の朝になれば、あなたもわたしの意見に同意するはずだわ」

クリスティンは玄関ホールへ出て、正面玄関の扉を勢いよく開けた。

アナトールも彼女にならい、ダイニングルームから出た。「伯父の家からぼくを本気で追いだす気なのか？」

「亡き夫はわたしより三十歳も年上だった。わたしが自分の評判について、どんなに注意をしていたと思うの？　きっとあなたはわたしの評判なんてどうでもいいんでしょうけど。でもニッキーのためを思うなら、今すぐ出ていって」

アナトールが近づいてきた瞬間、彼女は全身が震えるのを感じた。突然二人のあいだの空間が電気を帯びたかのようだった。

彼はもの問いたげに彼女を見つめた。「ぼくはきみを誘惑しているのか、ティア？」彼の愛撫するような声を聞き、その目に宿る親密さを目のあたりにし、彼女は押しきられそうになった。彼の愛撫と親密さ。かつて息をするように自然に感じていたものだ。そして五年ものあいだ、体験しなかったものでもある。それが今再びよみがえった。

息をすることも、動くこともできない。

アナトールは手を伸ばし、彼女の頬へ指を一本そっと滑らせ、開かれた唇にさまよわせた。シルクとベルベットのような指の感触に、クリスティンは耳の奥で鼓動が響き、気が遠くなりそうだった。

なんて……長い月日が経《た》ったのだろう……。

「きみは以前よりずっと美しくなった」彼がささやく。彼の視線にさらされ、クリスティンはとろけてしまいそうだった。「きみがどれほど美しいか、どうして忘れられる？　こんなに魅力的で愛らしい女性を、求めて当然だろう？」

クリスティンは体が揺らぐのを感じた。足に力が入らない。彼の視線に支えられて、かろうじて立っているようだった。

「なんて美しいんだ」彼の声はひどく優しい。

アナトールはおもむろに顔を近づけ、唇を重ねると、彼女の柔らかく甘い唇にゆっくりと唇を滑らせた。

そして体を引き、探るような目で彼女を見た。「ティア、かつてきみはぼくの腕の中でとろけていた」

彼は目の端にしわを寄せ、温かく包みこむような笑みを浮かべた。二人のあいだにあったことを、すべて思い出させる笑みだった。

アナトールは長い指でさりげなく彼女の顎を持ち上げた。「ぼくの腕の中でまたとろければいい、愛《いと》しいティア」

彼は彼女の顎から指を離すと、また笑みを浮かべた。確信と自信に満ちた笑みだ。

ぼくの望みは正しい。これが二人に起きるべきなのは火を見るより明らかだ。たしかに衝動的ではある。だがこれは五年前、彼女をぼくの車にのせ、フラットの寝室へ連れていったあの午後と同じ衝動だ。

ぼくがああしなければ、彼女は今ここにいなかった。伯父の未亡人となり、父親を亡くした幼い子の母親になることもなかったはずだ。ニッキーは愛情たっぷりの父親を求めている。それに愛情たっぷりの母親も。どんな子も、わが子を世界の中心と考える母親を必要とするものだ。それこそが、ぼくがニッキーのためにできることにほかならない。

ぼくにはなかった温かな家庭を、ニッキーに与えてやりたい。

彼はまた笑みを浮かべた。これこそすべてを自然に解決するやり方だ。ニッキーにはぼくとティア——今は生まれ変わったクリスティンがいる。かつては結婚など不可能に思えた。まして父親になるなどもってのほかだった。だが今、わき起こる感情に圧倒され、すべてが変わってしまったと、自分でもわかる。

彼にとって未来ははっきり見えていた。未来の軸となるのは、ようやく取り戻したこの女性だ。彼には当然で明らかなことだった。

アナトールは目で愛撫するように、低くかすれた声で今夜の最後の言葉を口にした。

「クリスティン、きみはぼくの腕の中でとろける」確信をこめて言う。「結婚初夜に」

クリスティンはまんじりともせずベッドに横たわり、天井を見上げていた。さまざまな考えや感情、困惑が脳裏を巡っている。胸の内で吹き荒れる思いをつかもうとするが、思いのかけらは彼女をかすめて通りすぎ、手が届かない場所へ飛んでいくだけだった。

彼はわたしとの結婚を望んでいる。

彼はわたしを見下している。

彼はわたしにキスをした。

意味がわからない。何一つ。なのに、思いのかけらがくるくるとまわっている。

何度寝返りを打っても眠れそうにない。

少しうとうとして翌朝目覚めると、一つの言葉が脳裏にはっきりと浮かんだ。

誘惑。かつて、結婚するつもりはないとわ

たしの面前で言い放った男が結婚を申しこんできた。まったく常軌を逸している。

そんな男の言動に少しでも関心を払うのはばかげている。なのに頭の中で何かがふわふわと漂い、わたしの弱い部分にしがみつき、ゆっくりと染み渡っていく。感じてしまうのだ。心の中で危険な何かが広がっていくのを。

誘惑。致命的な誘惑。

前にも一度、これと同じ感じを体験したことがある。アナトールの強烈で危険な誘惑のせいで、本能的に間違っているとわかっていながら、あえてその間違いを犯してしまった。その結果、自分が壊れてしまいそうなほど深刻なジレンマに陥った。ヴァシリスがいなければどうかなっていただろう。

五年前、アテネで絶望に打ちひしがれたあの日、彼女はヴァシリスにすべてを打ち明けた。アナトールからははっきりと、今後は条件つきでしかつきあえない、その条件が守れないなら別れるまでだと言われた日だ。

ヴァシリスは黙って話を聞いてくれた。好きなだけ泣かせて、わたしのみじめな気持ちや絶望をすべて吐きださせてくれた。そして冷静に、別の可能性があると提案してくれたのだ。なんて親切で寛大な男性だっただろう。

夫はわたしを救ってくれた。アナトールのあの強力な誘惑から、悪夢のような責め苦から、そして、アナトールがわたしの望みとはかけ離れた男性だと気づいた絶望感から。

五年経った今、彼女は落ち着かない足取りで寝室を横切り、窓の外に広がる庭園を見おろしている。静かで穏やかで、どこかヴァシリスとの結婚生活をほうふつとさせるこの家が好きだ。夫は粉々に砕け散った彼女の人生に平穏をもたらしてくれた。

クリスティンは壁にしつらえられた扉を見た。扉は小さな化粧室へ、さらに今は亡きヴァシリスの寝室へと続いている。

夫が恋しい。恋しくてたまらない。

それでもなお、夫の葬儀の日から数カ月も経ち、彼の記憶が薄らぎ始めている。あるいは薄れているのではなく、別の男性がわたしの意識に――かつて夫が位置を占めていた隙間に――踏みこんできたからかもしれない。

そして皮肉なことに、その男性は今、かつてわたしに望まなかったことを提案してきた。

〝ぼくはきみを誘惑しているのか〟

アナトールはあの言葉でわたしをからかい、わたしはなすすべもなく言葉の力にとらわれた。そして彼に誘惑されたい気持ちが高まった瞬間、唇に彼の唇が触れるのを感じた……。

小さな怒りの叫びをもらし、クリスティンは勢いよく体の向きを変えた。アナトールの愚かしい提案を頭から締めだし、今日一日を始めなければ。

だが、午前中をニッキーの部屋で過ごし、

乳母のルースが休憩に入ると、息子が真っ先に尋ねてきたのはアナトールの居場所だった。あいまいな答えを返すと、驚いたことに息子はがっかりしたようにうつむいた。さらに驚いたのは、前夜眠そうだった息子がアナトールの言葉をちゃんと覚えていることだった。

ニッキーは小さな顔をしかめた。「どこに行っちゃったの？　ぼくを大切にするようパパウから頼まれたって言ってたのに」

息子の気をそらそうと一緒に読み書きの練習をしていると、ニッキーの目が突然輝いた。

すぐに力強い足音が聞こえ、子供部屋の扉が開かれた。入ってきたのはアナトールだ。

ニッキーは喜びの声をあげ、一目散にアナトールに駆け寄った。クリスティンは二人を見つめるしかなかった。アナトールの到着を心から喜ぶ息子の姿を見て複雑な心境だった。

アナトールはニッキーを軽々と脇に抱え、クリスティンのほうを向いた。ニッキーが小さな手で彼の首にしがみつき、二人して彼女に笑みを向けている。

なんて似ているの……。

たちまち耳の奥で血の脈打つ音がして、クリスティンはまばたきしかできなかった。そのとき、アナトールが何か言いだした。

「今日冒険の旅に行きたいのは誰かな？」

ニッキーは目を輝かせ、興奮したような声を張りあげた。「ぼく、ぼくだよ！」

アナトールは笑い声をあげると、ニッキーを床におろし、彼女を見た。

「いい天気だ。三人で外出しないか？」

クリスティンは反論するべく口を開いたが、ニッキーの喜ぶ姿を見て思い直し、弱々しく答えた。「そうね。乳母に知らせてくるわ」

乳母は居間にいた。アナトールの計画を話すと、彼女は顔を輝かせた。「大賛成です！ ニッキーもよい気晴らしになるでしょう。言わせてもらえば……」クリスティンは乳母が慎重に言葉を選んでいるのに気づいた。「お若いミスター・キルギアキスがようやくいらしてくれてよかったです。あの方はニッキーを心から愛しています。あの方の存在はニッキーの人生にとって重要だと思うんです」

乳母は言いすぎたと思ったのか突然息をのみ、立ち上がった。

「今日はどちらに行かれますか？ ニッキーを着替えさせます」

乳母が子供部屋に行くと、クリスティンはうまく手をまわされているような気分で階下におり、上着を手に取った。

アナトールと一日じゅう一緒にいる。彼を避ける盾となるのはニッキーしかいない。

ふいに緊張を覚え、胸の鼓動が速くなる。なぜこんなふうになるのかはわかっている。わかっているだけに怖かった。

9

「今日は最高！」口のまわりにチョコレートアイスをべったりつけたニッキーは、幸せそうにため息をつくと、椅子の背にもたれた。

　クリスティンは思わず吹きだした。アナトールがどこに連れていくつもりか気づいてからは、笑みがとめられずにいる。

　〝ホリデイ・キャンプ？〟出発前、アナトールの車の前にたどり着いたとたん、彼女は信じられないとばかりに叫んだ。

　どういうわけか、彼はチャイルドシートまで用意していた。キャンプの駐車場に車がとまると、ニッキーは興奮に目を見開いた。

　〝日帰りチケットだ〟アナトールはニッキーを見た。〝きみはここが気に入るかな？〟

　六時間も経《た》つと、その答えは明らかになった。屋内には驚くほど立派なプールがあり、ウォータースライダーや噴水、子供が喜びそうなアトラクションの数々もそろっている。三人分の水着とタオルは施設内のショップで購入できた。一日の最後を飾るのは、屋外の催し物会場で行われる、テレビで人気のキャラクターたちのショーだった。

　三人は今、早めの夕食のフィッシュアンド

チップスを食べているところだった。ニッキーはアイスクリームもたっぷり楽しんでいる。クリスティンは前かがみになり、息子の口の汚れを拭いた。なんだか妙な気分だった。彼女自身、今日という日を楽しんでいる。しかも心の底から。ニッキーは何を目にしてもうれしそうで、その様子を見てアナトールも楽しそうだった。

　アナトールの関心はニッキーに向けられていたが、時折うれしそうなニッキーの様子を見て、クリスティンと視線を交わすことがあった。短く目を見交わし、ほほ笑み合い、楽しさを共有する——時間が経つにつれ、そんな機会が増えていき、見つめ合う時間が長くなっていった。

　クリスティンは気づいた。出発したときにあった緊張感がきれいになくなっている。驚いたことに、かつて彼と一緒にいたときの心地よさがよみがえったかのようだ。まるで長い眠りから覚めたみたいに。

　そんなふうに考えるだけで動揺してしまう。あまりに危険すぎる！

　思えば、着替え室からニッキーと一緒に水着姿のアナトールが出てきたときも危険だった。彼の引き締まった男らしい体を見たとたん、思い出がよみがえり、目をそらしてしまった。ただ、アナトールがずっとこちらを見つめているのには気づいていた。

ショップにはあらゆる種類の水着が置いてあったが、女らしい体を強調するデザインではなく、わざと泳ぐためのスポーティな一着を選んだ。それでも彼の視線が注がれているのを感じ、体がかっと熱くなった。

ありがたいことに、両腕に浮き輪をつけたニッキーが水の中で飛んだり潜ったりし始めたため、危うい瞬間は過ぎ去った。

けれど今、帰りの車内で再び彼を意識している自分がいる。遊び疲れたニッキーは眠りこんでいて、車という閉ざされた空間でソフトな音楽が流れる中、アナトールの存在を意識せずにはいられない。

彼は運転しながら彼女をちらりと見た。

「昨夜ぼくの言ったことが今日証明された。ぼくらはニッキーと、よい家族になれる」

彼女は一瞬押し黙った。激しい胸の鼓動が、彼にも聞こえていると思えてならない。

「アナトール、もっと理性的に考えて。あなたの行動は衝動的すぎると思う。あなたはニッキーの存在を知ったばかりだし、ヴァシリスを亡くしてから日も浅いわ。そんな時期に人生を左右する決定を下すのが、わたしたちのためになるとは思えない」

これで彼も思いとどまってくれるだろうか？　そう願うしかない。だが車内の薄明かりに、彼の不満げな顔つきが浮かびあがった。

「これが正しいことなんだ」

アナトールはわざと有無を言わさぬ口調で答えた。どうすればぼくの提案が理にかなっているとわかってもらえるだろう？　たしかに衝動的な行動だが、ぼくは分別を失っているわけじゃない。むしろその反対だ！　ニッキーの母親と結婚し、父親のいないあの子のために家族になるのは、明らかに正しいことなのに。

それでも彼女は否定しようとしている。思ったとおり、そっけない答えを返してきた。

「いいえ、違うわ」

クリスティンはアナトールがちらりと見たのに気づいた。間を置いて彼が口を開く。

「きみに反対されるのに慣れていない」さらに間を置いて、彼は言葉を継いだ。「きみは変わったな、ティア――クリスティン」

クリスティンは顔をあげ、彼を見た。「もちろん変わったわ。何を期待していたの？」

クリスティンは息を吸いこみ、なかばため息をついた。反抗的な言葉とは裏腹に、心の中で愛《いと》おしい記憶がよみがえる。運転するアナトールを見るのがどんなに好きだっただろう。ハンドルにかけられた力強い手や、前を一心に見つめる横顔を見るのが。いつだって彼を見るのが好きだった。

「きみはいつもそんな目でぼくを見てくれていた。きみのまなざしを常に感じていたよ」

「それは過去の話よ。ずっと昔の――」

「あの頃が恋しい」彼はぽつりと言った。

それから鋭く息を吸いこんだ。

「きみのことが恋しかった、ティア。きみはぼくのもとから去った。伯父と結婚し、彼の若い花嫁として甘やかされるために」アナトールの言葉にはとげが感じられた。

「わたしはあなたのもとを去ってなんかいない！　二人の関係を終わらせたのはあなたよ！　あなたは、結婚や妊娠を望む相手とつきあうつもりはないとわたしに言ったじゃない！」

彼は眉をひそめ、非難がましい目で彼女を見ると、両手でハンドルをきつく握りしめた。

「きみと別れるつもりであぁ言ったんじゃない。あれはただ――」

「ただ、あなたの負担になるような考えはすべてあきらめろと言いたかったのよね。まして、あなたの妻になったり、あなたの子供の母親になったりするなんてもってのほか。あなたとの未来は完全にあきらめろと言いたかったのよ！」

クリスティンはざらついた声で言うと、疲れたようなため息をついた。

「アナトール、もういいの。今ならわかる。当時あなたは若かったし、自由な生活を第一に考えていた。わたしはそのお手軽な気晴し――物珍しかっただけなのよ！　関係が少しだけ長く続いたのは、わたしがあなたとはまるで違う人生を歩んでいたから。だけど当時のわたしはあまりにうぶだったから、あなたにすっかり心を奪われた。だから……」

クリスティンは苦しげに息を吸いこんだ。

「たとえあの妊娠の一件がなかったとしても……何かほかのことで二人の関係が終わるのではと怖かった。だって結局……情事は情事でしかないから。それ以上の意味はない」

五年経った今だからこそ、わかったことだ。

「だが今ぼくはそれ以上を求めている」決然とした答えに、彼女は思わず彼を見た。「きみとの情事よりずっと多くのものを」

アナトールは息を吸いこんで車のギアを変え、自分の中にこみ上げる感情を振り払うように速度を上げた。かたくなな彼女に不満が募る。なぜぼくの提案が正しいと素直に認めようとしないんだ？

「きみとぼく、ニッキーの三人なら絶対にうまくいく！　ニッキーはぼくが好きだし、頼ってもくれるし、信じてくれている。昨夜あの子に言ったことは本気だ。あの子を見守るためにパパウがぼくをよこしてくれたと信じている。パパウの代わりに彼の父親になることを――」

五年前ティアが妊娠していたら、ニッキーがぼくの息子になっていたかもしれない……。

彼はこみ上げる感情に打ちのめされそうだった。山肌を転げ落ちる巨大な岩のように圧倒的な力になすすべもなく押し流されていく。起きたかもしれず、けっして起きなかったかもしれないことが次々と思い浮かび、無言のまま車を走らせ、ヴァシリスの家へ到着した。

今はティアが息子のために受け継いだ家だ。彼女ならこの家を守るだろう。そう考えるのは妙な気分だが、今は彼女が信じられる。いや、少しも妙ではない。彼女はロンドンの展示会やこの優雅な屋敷で、与えられた役割をちゃんとこなしている。そんな振る舞いが自然にできる大人の女性に成長したのだ。

ぼくも成長した。今自分のすべきことを受け入れ、妻と子供が必要だと認めた。

アナトールは眠っている男の子を腕に抱き上げ、屋敷の中へ入った。クリスティンが正面玄関を開け、静まり返った家の階上へと案内する。今夜はミセス・ヒューズも乳母のルースも外出している。

アナトールは寝室でニッキーをベッドに寝かせ、彼女の脇に立った。照明の優しい光の中、眠りこむニッキーを二人で見おろす。

まるで本物の家族のようだ。

今、彼女が小さな声をもらさなかったか？　抑えた泣き声のような？　アナトールにはわからなかった。わかったのは彼女が突然部屋から出ていったことだ。彼はいぶかしげな表情で彼女を見送り、ニッキーに向き直ると手を伸ばし、柔らかな黒髪から額へと指先を這《は》わせ、おやすみとつぶやいた。

それから階下へとおりた。

クリスティンは玄関ホールで待っていた。顔を上げると、表情は落ち着いていた。

「楽しい一日をありがとう」彼女は言った。

クリスティンは冷静な口調を心がけた。心の中でわき起こる感情をことごとく抑えつける。そんなものを感じて何になるというの？何もならない。今となっては。

彼女は扉を開け、一歩下がった。

「よかった」彼は言った。

アナトールの声は静かで、まなざしは揺るぎない。彼は短く笑みを浮かべ、軽く会釈をすると外へ出た。穏やかな夜空の下、砂利敷きの道を踏みしめ、車へと向かう。

車のドアを開けると、背後で屋敷の正面玄関の閉まる音がした。

閉めるがいい。それが望みなら。だが、きみはぼくを締めだせはしない。ニッキーの人生からも、きみ自身の人生からも。

アナトールはそう確信していた。

その週、クリスティンはヴァシリスとの結婚以来保ってきた心の落ち着きを取り戻そうとした。だが思うようにいかない。彼女の人生にアナトールが戻り、侵入してきたせいだ。

それは怒りと敵意に満ちた侵入だった。最初、彼は彼女の行動を手ひどく非難した。皮肉なのは、彼の怒りや敵意のほうがはるかに対処しやすいことだ。自分でもみじめになるほど、今の彼にはうまく対処できていない。
まさか求婚されるなんて！
結婚。その言葉が脳裏から離れない。
クリスティンをまごつかせ、混乱させる。
彼女を変えてしまう。

クリスティンは変わりたくなかった。これまで自分の手で新しい人生を築いてきた。苦しみと涙の中から築き上げた人生だけれど安心できた。ヴァシリスが彼女の人生に安心感を与えてくれた。その安心感こそ、彼女が手放したくないと思っているものだ。

わたしにとってアナトールは過去の人。わたしの未来に関わらせるわけにいかない。そんなつもりもない！

そんなふうにして迎えた金曜日、彼女の決意がまた試されようとしていた。バーコート家にニッキーとともに招待されていた日だ。アナトールが約束を忘れているのをひそかに期待していたが、彼女の期待は裏切られた。彼は時間どおりに車で二人を迎えにやってきた。エリザベス朝様式の巨大な館で出迎えたバーコート家の人々に、アナトールはこれ以上ないほど感じよく振る舞った。

「いらしてくれてうれしいわ、ミスター・キルギアキス。伯父様は本当に残念でした。みんなから好かれ、尊敬されていました」ミセス・バーコートはアナトールにほほ笑み、オーク材の羽目板が張られた応接室へ案内した。

ニッキーはすぐに引き離され、子犬たちと乳母、ジャイルズの妹のイザベルがいる部屋へ連れていかれた。イザベルは兄と同じく陽気で、ニッキーも乗馬を習うべきで、すぐにのれるようになると熱弁をふるった。ジャイルズも熱心に、年老いたポニーのブランブルを試してみるといいとすすめてくれた。

「だめかしら？」イザベルがアナトールに尋ねる。

「ニッキーは喜ぶはずだ。けれど決めるのはクリスティンだ」

彼にちらりと見られ、クリスティンはぎこちない笑みを浮かべた。バーコート家の人たちはアナトールをどう考えているのだろう？ 彼らはアナトールについて何も尋ねようとせず、彼の存在を当然のように受け入れている。

だけど、そんな気楽な状態は食事のあいだだけだった。ディナーのあと、ポートワインを楽しむ男性陣を残し、女性陣が応接室へ移るとすぐ、イザベルは子供たちの様子を見に部屋から出ていった。

クリスティンは困惑した。ミセス・バーコートがわたしに〝尋問〟を始めたがっている。

「なんてハンサムなの！ これまで彼に会えなかったのが残念だわ」彼女は前かがみになり、暖炉の前の敷物でくつろぐ猫の長い毛を撫《な》でた。「今後はもっと会えるわね？」

クリスティンは上質のマデイラ酒が入ったグラスを握りしめた。「彼はニッキーのことを知りたがっているの」

女主人は同情するようにうなずいた。「わかるわ。ニッキーにとってもいいことよね。旦那様を亡くしてまだ間もないけれど、あなたは将来について考える必要があるわ、クリスティン。あなたも気づいているはずよ。ニッキーに義理の父親ができるのはいいことだわ。けれど慎重に相手を選ばないと」彼女はしかめっ面をし、いつものようにざっくばらんな口調で言った。「ジャイルズは失格だわ。あの子はニッキーが大好きだけれど、あなたとは釣り合わない。わかるでしょう？」

クリスティンが真顔になる。「ええ」

女主人はうなずいた。「そう聞いて安心した。あなたとアナトールはとてもうまくいっているように見えるもの……。これだけは言っておくわ。彼をもっとよく知る機会が増えるのを楽しみにしているわ。すぐにまた遊びに来てちょうだい。あら、イザベル！」部屋に入ってきた娘に声をかける。「かわいいニッキーはどんな様子だった？」

「今夜は泊まりたいんですって。うちの子供たちがそうけしかけたのよ！　クリスティン、どうかしら？」

話題が変わったありがたさに、クリスティ

ンはうなずいた。「いいかしら？」

「もちろん」イザベルが明るく答える。「あなたが許してくれたら、明日の朝、ニッキーをブランブルにのせてみる。ここには子供用の乗馬用具が山ほどあるから！」

　クリスティンはうなずいた。けれど同時に、もしニッキーが今夜この家に泊まるなら、アナトールから彼女自身を守る存在がいなくなってしまうと遅まきながら気づいた。

　夕食の会が終わり、アナトールが運転する車の助手席に座って自宅に戻る段になると、その事実をいっそう強く意識させられた。

　アナトールはクリスティンを一瞥《いちべつ》した。今夜の彼女は紺青色の柔らかなベルベットのドレス姿で実に魅力的だ。バレリーナのような膝丈のドレスに、二連の真珠のネックレスと――ぼくの伯父からの贈り物だろう――真珠のピアスを合わせている。低いシニョンに結った髪にも真珠のヘアクリップをあしらい、優雅な装いだ。息をのむほど愛らしい。

　ジャイルズ・バーコートも同じことを考えていたようだ。男の直感だが、彼の家族とクリスティンとのつながりをことさら強調していたのはそのせいだろうか？　彼女は自分のものだと主張したかったのか？

　ならば、ぼくも主張する。

　彼女はぼくのものだ。いつもそうだった！

　圧倒的な確信と所有欲がわき起こってくる。

そして自責の念と深い後悔も。

どうしてティアを手放したのだろう？　なぜ彼女がヴァシリスと結婚する前に〝きみはぼくのものだ〟と宣言しなかったんだ？　だが、ぼくは怒りに屈した。結婚も子供も不要という決心を変えられなかった。

あのときは心の準備ができていなかった。だが今は違う。これ以上ないほど準備ができている。今するべきなのは、ぼくが正しいとクリスティンに認めさせることだ。言葉で説得できないなら、ほかの手段だってある。

彼女の気持ちを和らげるべく、アナトールは軽口をたたいた。ヴァシリスがきれいにしたがっていたという二枚のゲインズバラの肖像画は、所有者が言うとおり、ほこりにまみれていたほうがいいと言ったのだ。ありがたいことに、彼女は笑ってくれた。そのうえ、暖炉の上に飾ったスタッブズの絵に気がついたかと尋ねてきた。

「もちろん。ブランブルはあの絵に描かれた馬たちの子孫かな？」ユーモアまじりに言う。

「そうでないことを願うわ！　あの馬たち、とても恐ろしそうに見えたもの！」

「ニッキーのことを気にしているのか？」薄暗い郊外の道に車を走らせながら、アナトールは尋ねた。

彼女はかぶりを振った。「ジャイルズとイザベルにはとても感謝しているの。わたしはニッキーをここで育てるつもりよ。乗馬ができるようになれば、あの子も心が休まるはず。ジャイルズがとても好きだから――」

そう言った瞬間、クリスティンは悔やんだ。薄暗い車内でもアナトールが顔をこわばらせたのがわかった。ふとミセス・バーコートの言葉を思い出す。息子のジャイルズについてではなく、アナトールについての発言だ。彼とわたしはいい仲に見えるのだろうか？　どうかそうではありませんように。いちばんあってほしくないのはそんな目で見られることだ。

彼女は突然恐ろしくなった。たとえニッキーに会うためだけだとしても、アナトールがひんぱんに出入りすれば噂《うわさ》が広まりだすだろう。こんな狭い地域では避けられない。

不安に駆られ、彼女は口を閉ざした。

アナトールも無言のままだった。

家に到着して車からおりた彼女は、ホワイト・ハートへ戻る彼に別れの挨拶をしようとした。ところがアナトールからさりげなくこう言われた。「少し飲ませてくれないか？　帰りの運転があったから、ディナーで上質の赤ワインをほとんど飲めなかった。けれどバーコート・シニアが教えてくれたんだ。この前のクリスマスにボトルを一本、ヴァシリスに贈ったとね」

クリスティンは渋々アナトールを家の中へ

入れた。屋敷はしんと静まり返っている。ヒューズ夫妻は厩舎《きゅうしゃ》を改築したアパートメントに住んでいて、乳母のルースは週末旅行に出かけている。クリスティンが応接室のテーブルランプをつけると、温かな光に優美な室内が照らしだされた。漆塗りの食器棚からボトルとグラス二脚を取り出し、低いテーブルに置いた。すぐ脇にはシルクの布張りのソファがある。

　アナトールは大股でソファに近づき、腰をおろしたが、クリスティンは反対側にある肘掛け椅子を選んだ。彼が気前よくワインを注《つ》ぎ、彼女に向けて自分のグラスを掲げる。

「ぼくらに。ぼくらがともに作り上げようとしている未来に乾杯」

　アナトールにじっと見つめられ、クリスティンは居心地が悪かった。赤ワインを口にするあいだも、彼は片時も目を離そうとしない。彼女もワインを口にした。自分を守るためにワインの力を借りる必要がある。

　ボトルはずっと未開封だった。ヴァシリスの具合は悪くなる一方で、クリスマスにワインを楽しむどころではなかった。つらい記憶にたちまち涙で視界がかすんでいく。

「どうした？」アナトールの静かな声には、彼女への懸念が感じられた。「ニッキーを心配しているんじゃないだろうね？」

　彼女はかぶりを振った。「いいえ。あの子

とひと晩くらい離れるのには慣れているの。わたしがヴァシリスとロンドンに出かけても、あの子が取り乱したことは一度もなかったから」

亡き夫の名前を口にした声が震えたのに気づき、アナトールは彼女の思いを聞き取った。

そして彼自身の中にある考えと向き合わざるをえなくなった。五年間抑えてきた考えだ。

「きみは伯父のことを大切に思っていたんだな？」

「ええ、彼は本当に優しくて頭がよく、ニッキーに全身全霊を捧《ささ》げてくれたから――」

彼女の言葉が途切れ、アナトールの心の中である考えが――考えたくなかったことが頭をもたげてきた。ぼくの伯父は三十歳も年上だったにもかかわらず、ティアと子供をもうけた。

頭が真っ白になった。ニッキーがどうやって生まれたか想像することなどできない。ティアがぼく以外の誰かとそんな関係にあったと考えること自体間違っている。伯父だろうとジャイルズだろうと――誰であろうと！

さっき車内で感じた圧倒的な所有欲にまた襲われ、アナトールは彼女をじっと見つめた。今、近くに座る彼女は息をのむほど美しい。

彼女なしで、どうやってこんなに長い歳月をやりすごしてきたんだ？

実際、今のぼくはティアとの――かつてぼ

くとの結婚を夢見ていた女性との結婚を、心の底から望んでいる。

「だからといってきみが再婚できないことにはならない！」アナトールは言った。

彼女は視線をそらした。「お願い、やめて」だが、アナトールはやめようとしなかった。

「伯父は……きみを愛していたのか？」

「彼はわたしが好きだった。それにニッキーをかわいがってくれた。いちばん大切なのはそこだったの。わたしは彼にニッキーを与えてあげられた。わたしと結婚しなければ彼は子供を持つことができなかったはずだから」

アナトールは彼女の軽蔑するような声色に気づいた。理由は明らかだ。暗にぼくを非難しているのだろう。ここで答えなければならない。そろそろ自分の過去の言動と向き合うべきだ。

アナトールは息を吸い――うまく吸えなかったが――彼女を見つめ、表情を曇らせた。

「つきあっていた頃、子供をほしがらなかったのをすまないと思っている。結局きみが妊娠していなくてよかったと考えたこともだ」

彼はワインを口に含んだ。炎のような刺激が喉を滑り落ちていく。

「ぼくは父親になる心の準備ができていなかった」アナトールは彼女と目を合わせた。

「だけど今は違う。ヴァシリスが他界した今、ニッキーの父親になりたい。伯父もそう望んでいると思う。きみにもそう望んでほしい」

彼女がくぐもった声をあげるのを聞き、アナトールはグラスを置き、オービュッソンの絨毯《じゅうたん》にひざまずいて彼女の手を取った。彼女のまつげはダイヤモンドのような大粒の涙で濡《ぬ》れている。

「泣かないで、ティア」彼は優しく言うと、指先で涙を拭った。「泣かないでくれ」

彼は手を掲げ、彼女の手に唇を押し当てると、震える指の関節に沿ってすべらせた。

「ぼくと結婚してほしい。前はうまくいかなかった二人の関係をやり直そう。ぼくと一緒に家庭を作るんだ。ニッキーのために、伯父のため、ぼくのため、きみ自身のために」

アナトールは彼女の震える手から半分空いたグラスを取ると、そのまま立ち上がり、彼女の体を引き寄せた。テーブルランプの明かりに映しだされた彼女を見て、思わず息をのんだ。なんて女らしくて美しいのだろう。

彼は唇を近づけた。そうせずにはいられなかった。今や欲望をかき立てられている。かつて欲望を募らせた記憶もよみがえり、過去と現在が溶け合っていく。探るように唇を押し当て、ティアの甘く柔らかな唇を味わう。たちまち狂おしいほどの興奮を覚えた。キスを深めると、彼女が低い声をもらした。

彼は両手を彼女のほっそりとした腰に滑らせ、さらに強く引き寄せた。手のひらから伝わる彼女の柔らかなヒップの感触に、さらなる興奮を覚えてしまう。全身の血がたぎり、情熱と欲望の赴くままにキスを深めていく。

腕の中でティアの反応が高まるのを感じた瞬間、アナトールは雷に打たれたように鮮やかに思い出した。キスをすると、彼女はいつもこんなふうに反応を返したものだ。華奢《きゃしゃ》な全身を震わせ、体を押し当て、瞳は熱気にくすぶっていた。今のように高まる興奮に瞳孔を開き、とがった胸の頂を彼の胸板に押しつけてきた。

硬くなった胸の頂を感じ、アナトールの興奮はいやおうなく高まった。彼女は熱心にキスを返している。長く誰ともキスをしていなかったかのように。彼だけが彼女の渇望を満たせるかのように。

アナトールの最後の理性のかけらが吹き飛んだ。両腕で彼女の体をすくい上げる。羽根のように軽い。そのまま部屋から出て、階段を上がると寝室へ向かった。彼女の体をベッドにおろし、かたわらに横たわる。

服をどうやって脱いだのかわからない。アナトールにわかっているのは、ゆるんだ彼女の髪が枕の上でいっきに広がったことと、ドレスのファスナーをおろして彼女のとがった胸があらわになったことだけだ。優しく、誘惑に満ちた体が彼に差しだされている。

アナトールは彼女と愛し合ったときの記憶

にいつもさいなまれてきた。ぼくの腕の中でとろけ、ぼくの欲望に屈する愛しいティアの姿を思い出すたび、ナイフで刺されるような痛みを覚えてきた。けれど今再び彼女はぼくのものになった！　長い歳月の末に。懐かしいすべてのものが高波のように押し寄せ、情熱と欲望と、記憶と興奮によって高々と押し上げられていく。

手のひらで胸を包みこむと、彼女はまた低くうめいた。夜の闇の中で、アナトールは彼女の胸の頂を愛撫《あいぶ》し始めた。巧みな舌遣いで、感じやすい部分をなぞり、味わい尽くす。

彼女はまたうめき声をあげた。今では両手を彼の背中にさまよわせ、枕の上で体を弓なりにし、白い喉元があらわになっている。アナトールは指先をティアのうなじに這わせ、彼女を支えながら、一方と同じ熱心さで、もう一方の胸の頂も愛撫した。

だけど胸の頂を味わうだけでは足りず、もっとほしくなった。アナトールは体の奥底で、低く本能のうなり声があがるのを感じた。

彼女のドレスを完全に脱がせ、小さなショーツをはぎ取る。太腿のあいだに、濃く陰った部分が見えた。アナトールは片肘をつき、再び彼女に口をつけた。ゆっくりと味わい、官能的な気分を高めていく。空いた手を彼女の柔らかな脇腹に滑らせた。

暗闇の中で、彼は笑みを浮かべて彼女を見

おろした。「言ってくれ。こんなことは望んでいないと。ぼくのことなどほしくないと」低い声で欲望をあおる。「もう出ていけと言ってくれ、ティア。今すぐ。もうやめてと」

そんなことが言えるはずない。クリスティンは何も抵抗できずにいた。どうしてあらがえるだろう？ 彼の口や手で、舌や唇でこんなに愛撫されているのに。

強烈な体からの声に、理性の声がかき消されていく。彼女の理性は、今からしようとしているのは愚かしくてばかげたことだと告げている。でも、どうしてもやめられない。やめることなどできない。もう時間や場所の感覚がない。アナトールと最後に愛し合って以来、長く行ったことのなかった場所へ、体が押し流されていこうとしている。彼しか連れていけないあの場所へ！

クリスティンはまたうめき声をあげ、頭を左右に振り始めた。体を弓なりにし、両足に力をこめる。アナトールの念入りな愛撫で、彼女の体は彼を受け入れる準備ができていた。

気がつくと彼の名前を呼んでいた。わたしの体を高みへといざない、熱く甘やかなまばゆい光で満たしてほしい。そんな喜びのきわみでわたしを解放できるのは彼だけ。

呼びかけに彼は答えてくれたが、彼女にはその言葉が聞き取れない。わかっているのは、彼が体を重ねてきたことだけ。懐かしい体の重みを感じ、彼女は両腕を彼の体に巻きつけて、ヒップを上げた。彼が恋しい。ほしいのは彼だけ。求めているのはこれだけだった。

彼がいっきに分け入ってきた瞬間、何か口走った。なんと言ったかクリスティンにはわからない。でもよく覚えている言葉だった。過去と現在が混じり合い、溶け合い、一つになる。二人が片時も離れていなかったかのように。まるで別れなどなかったかのように。

アナトールに深く満たされ、ゆっくりしたリズミカルな動きになすすべもなく興奮をかき立てられて、クリスティンは両足を彼の腰に巻きつけた。彼が身を沈めてくるたび、めくるめく歓《よろこ》びが全身を駆けめぐる。

彼がほしい。ああ、心の底から彼がほしい。求めていたのはこれだった。彼が与えてくれるものすべてがほしくてたまらない。

アナトールが叫び声をあげた――苦しげなうなり声だ。それが合図となって、彼女は互いが溶け合い、満たされるのを感じ、いきなり歓びのきわみまで押し上げられていった。現実の世界では触れることも目にすることもできない障壁を突き破り、今はこの瞬間にしかない、まったく別の世界へと到達する。アナトールの腕に抱かれ、彼の熱い抱擁と情熱に包まれて、二人の体は溶けて完全に一つになった。風にのって舞い上がっていった彼女は、やがて別世界の太陽に焼き尽くされ、叫び声をあげた。

それから風が弱まり、彼女はあえぎながら地上へ舞い戻ってきた。十分満たされ、もうくたくただ。白熱した空気に全身が浄化されていく。思わず体を震わせると、アナトールがしっかりと抱きしめてくれた。彼の胸の鼓動が自分の鼓動と重なり合うのがわかる。

アナトールは何度も彼女の名前を呼んでくれた。「ティア、ぼくのティア、きみはぼくのものだ」

そう、わたしは彼のもの。昔も、これまでも、これからも——ずっと彼のものだ。

強力なドラッグのように急激な眠けに襲われ、クリスティンは目を閉じた。体が言うことを聞かなくなり、彼の腕に身をまかせる。

最後に体に感じたのは、アナトールが両腕をきつく巻きつけてくる感触だった。

10

庭に朝の気配が訪れた。露に濡《ぬ》れた芝生にかすかに陽光が差している。シルクの化粧着をまとったクリスティンは寝室の窓辺に立ち、外をぼんやり眺めた。重苦しい表情で遠い過去に思いをはせる。その過去が現在になった。否定したくてもできない現在に。けっして起きてはならないことを許してしまった事実も否定できない。

けれど、ああする以外、ほかに選択肢があっただろうか？　彼女は振り返り、すぐ背後のベッドで眠るアナトールを見た。日に焼けて引き締まった体に寝具がゆるく巻きついている。彼の胸が上下しているのがわかった。昨夜、狂おしい歓《よろこ》びに酔いしれながら、わたしがしがみついた胸だ。はるか昔にも幾度となくしがみついた。そんな過去は永遠に手放すべきだったのに。

手放すべきだった――なんとしても、終わりにするべきだった！

でも、できなかった。どんなにアナトールの魅力に圧倒されても、昨夜のようなことを許すべきではなかった。

わたしたちのあいだに未来はない。何一つ。

ちょうど、あの頃の二人に未来がなかったのと同じように。

クリスティンは胸が詰まり、顔を背けようとした。けれどそのとき、目覚めたアナトールがベッドの上で手を伸ばした。窓辺に立つ彼女を見つめ、優しい表情になる。それでも先に口を開いたのは彼女だった。

「出ていって！　今すぐ！　昨夜あなたがここで過ごしたと、ミセス・ヒューズに気づかれるわけにはいかないの」

アナトールの表情が変わった。「だが本当のことだ。きみと抱き合っていた」

彼は反論をいっさい許さなかった。ベッドの上で起き上がると手を伸ばしてティアの手を取り、彼女を見上げて言葉を継ぐ。

「何もなかったふりをするには、もう遅すぎる。昨夜のことでわからなかったのか？」

彼は彼女の体をベッドへ引き戻した。

「これでもまだわからないのか？」

彼の唇が彼女の唇に重なった。ベルベットのようになめらかなキスだった。

彼はきらめく瞳で彼女の目をのぞきこんだ。

「もう起きてしまったことだ。あと戻りはできない」

彼女は体を引き、彼から逃れようとした。

「戻らないと！　アナトール、わたしはあなたの望みどおりにはできないのよ！」

してはいけないし、するつもりだってな

い！　たとえ、アナトールの耐えがたい誘惑に屈しそうになっても、耐えなければ。

　わたしはこれまで以上に思い知らされた。自分がどんなに弱い人間で、アナトールを前にするとどんなに無力かを。そして今、目の前に迫る危険についても、よくわかっている。

　クリスティンはどうにか彼から逃れた。

「あなたとは絶対に結婚しない。なんと言われても、わたしの気持ちは変わらない」

　アナトールは不満げに目をきらめかせた。

「なぜだ？　ぼくにはわからない。二人のあいだに起きたことをどうして否定できる？」

　クリスティンは答えなかった。答えられなかったのだ。ただ必死の表情で、彼に部屋から出ていってほしいと頼むだけだった。一瞬ののち、アナトールは立ち上がり、脱ぎ散らした服を集め、隣接する浴室へ姿を消した。

　クリスティンもあわててジーンズをはき、柔らかなセーターを合わせた。

　だが、すぐに小さな叫び声をあげて振り返った。アナトールが再び姿を現したのだ。前夜と同じ服装だがシャツとズボンしか身につけていない。その姿は……息をのむほどセクシーだった。そうとしか言いようがない。顔に浮かぶやや傲慢な表情が、額にかかる黒髪やさりげなくたくし上げたシャツの袖、濃い髭《ひげ》が目立つ顎の線によって、さらに引き立っている。

アナトールから目がそらせない。心臓の鼓動が速まり、全身の血がたぎり、頬が染まるのを感じながら、彼女は唇を開いた。

その反応を見て、アナトールがゆっくりと笑みを浮かべた。官能をそそる自信に満ちた笑みだ。

「わかるだろう？」

アナトールはそうとしか言わなかった。それしか言う必要がなかった。大股で彼女のほうへと近づいてくる。

クリスティンはあとずさった。彼のあまりの性的な魅力に、思わず反応した衝撃が隠しきれない。「だめよ、アナトール、こんなことを許すわけにはいかない！」

追い払うように両手を掲げた彼女を見て、アナトールは立ち止まり、表情を変えた。挑むような調子で不満をあらわにする。

「ティア、昨夜のことは無視できない」

「わたしはもうティアじゃない！　ティアに戻るつもりはないわ！」

彼女は自分の声の激しさに驚いた。アナトールもまた驚いた様子で、目を細くしている。さっき彼女を見おろしていた、ものうげにまぶたを閉じかけたセクシーな表情は消え、無言のまましばらく彼女の青白い顔を見つめてから口を開く。

「ああ。きみはティアじゃない。それは認める。きみはクリスティン・キルギアキス――

ミセス・ヴァシリス・キルギアキスだ」

彼の言葉にクリスティンははっとした。

「ぼくの伯父の未亡人で、彼の息子の母親でもある」彼女の反応を確かめるように、アナトールはそこで口をつぐんだ。「ぼくは論理的に自分の意見を説明したはずだ、クリスティン」その名を口にしたのはわざとだろう。今もこれからも彼女がこうありたいと望む名前だ。「それにぼくらが結婚するべき理由も説明した。言葉でも、言葉以上の方法でも」

その瞬間、アナトールは以前の表情に戻った。あのものうげにまぶたを閉じかけた表情だ。クリスティンは体を震わせ、手足から力が奪われ、胸の鼓動が速まった。やがて彼はクリスティンを制するように片手を上げた。

「だが今はせかすつもりはない。きみがこの状態に慣れるのに時間がかかるのはわかっている。時が経《た》てば、きみもこれが避けられないことと納得できるようになる」そこでひと息つき、口調を変える。「この話題はいったんおしまいだ」

アナトールは背中を向け、昨夜椅子の背にかけた上着を取って羽織ると、シャツのボタンをとめ、再びクリスティンを見た。

「もう行く。今のきみにとって体面を保つのが大切なのはわかるから」彼の言葉に皮肉は感じられない。「だが、ニッキーの迎えがあるから戻ってくる。反対しても無駄だ。あの子をがっかりさせたくない」

クリスティンは素直にうなずいた。今彼女の心からの望みは、彼がここから出ていくことだけだった。そうすればこのままくずおれて、疲れ切った心と体を休めることができる。

クリスティンは自分の気持ちを振り払おうとした。だめ、考えてはだめ。今も、これからも、ずっと……。

けれどそのあとも、考えず、感じずにはいられなかった。約束どおり、バーコート家へニッキーを迎えに行くため、アナトールが再びやってきたのはその日の午後遅くだった。

彼と目が合ったとたん、クリスティンはあの頃に戻った気がした。あの頃みたいに、何も考えずに彼の腕の中に飛びこみそうになる。

だがそのときアナトールの目が無表情になり、白熱した瞬間は過ぎ去った。彼は彼女が車に乗るのを手伝うと、天気について話し始めた。短いドライブのあいだ、気のおけない話をしながら、クリスティンはそれがありがたいことなのだと自分に言い聞かせていた。

さらにありがたいことに、到着したとたん、エリザベス・バーコートや彼女の孫たち、その母親たちがいっせいに話しかけてきた。

ニッキーも同様で、熱心に楽しかったことを次々と話そうとした。

「ポニーに乗ったよ！　ねえ、ぼく、ポニーを飼ってもいい？」ニッキーがアナトールとクリスティンを交互に見ながら懇願する。

息子が二人に話しかけてくるのを見て、クリスティンは胸が痛んだ。ニッキーは彼女とアナトールが一緒にいて当然のような様子だ。エリザベス・バーコートもそのことに気づいた様子で、クリスティンを脇へ呼び寄せた。アナトールがかがみこみ、ニッキーと同じ目の高さで楽しかった話を聞いている姿を見つめ、エリザベスは言った。

「アナトールがあなたと一緒に過ごせるようになってよかった。もっとたくさんの時間を過ごせるようになるといいわね。彼とニッキーはとても自然な雰囲気だわ。まるで――」

言いすぎたと気づいたのか、彼女は口をつぐんで立ち去ると、騒がしい孫たちを静め、そろそろニッキーが帰る時間だと告げた。

ニッキーは帰り道、ポニーと子犬たち、さらにほかの子供たちと過ごして楽しかった様子をずっと話していた。

「ポニーと子犬の絵を描く」自宅に到着するなり、ニッキーは宣言したが、大きなあくびをした。外泊で興奮し、ほとんど寝ていないのだろう。

「お風呂が先よ」クリスティンはためらった。

ここでアナトールに〝あなたはもう帰る時間だし、息子と二人にして〟と言いたいけれど――その一瞬のためらいが致命的になった。

「そうだ、風呂の時間だ」アナトールがにやりとする。「階上《うえ》まで競走だ！」

ニッキーは喜びの叫び声をあげ、階段を駆け上がり、アナトールが続いた。クリスティンがゆっくりと二人のあとに続く。

いいわ、二人でニッキーを入浴させ、ベッドに寝かせたら、アナトールに帰るよう言えばいい。わたしの決意は変わらない。彼に二度とこの家で夜を過ごさせない。

わたしのベッドでも！

一時間後、ベッドに入ったニッキーはすぐ眠りにつき、彼女はアナトールとともに階下へ戻った。ふと足をとめ、彼に向き直る。

「今夜はホワイト・ハートに泊まるの？　それともロンドンへ戻るのかしら？」ほかの可能性を否定するようにわざと明るく尋ねた。

彼女がそう尋ねる理由はよくわかっていると言いたげに、アナトールはものうげに閉じかけた目で見おろした。

「昔のきみはそんなに冷たくなかった」

彼の目の表情と親密な声に、彼女は思わず頬を染め、体の両脇でこぶしを握りしめた。

「昔のわたしは今とは別人だったから」

彼はその答えを否定するようにかぶりを振った。「ティアだろうとクリスティンだろうと、きみはあの頃のままだ。昨夜それがよくわかった。きみにもわかったはずだ！　なのにどうして否定する？　なぜぼくらの結婚がうまくいくと認めようとしない？」

アナトールの声に愛撫《あいぶ》するような響きが戻っている。クリスティンは肌に触れられているように、かっと熱くなった。

「ぼくらがどれほど熱烈な関係か、昨夜わかったはずだ。ティア、きみは出会ったときからぼくを求めていた。ぼくもそうだ。それに、あの頃と同じように今もきみを求めている。きみだって同じはずだ。きみもぼくに燃えるような欲望を感じている」

アナトールは彼女に手を伸ばし、笑みを浮かべると、かすれる声で言った。

「真実を否定してはいけない。ぼくらは互いを心から求め合っている」

本能的にあとずさったものの、クリスティンは顎を上げ、彼をまっすぐ見つめた。言うべきことを言わなければ。彼に聞かせなければならないことを。

「もちろんわかっているわ、アナトール！　わたしにわからないはずがないでしょう？」

かぶりを振り、アナトールの目を見すえる。

「確かに、わたしたちはお互いを求め合っている。出会った瞬間からそうだったし、今もそうだわ。あなたが言うとおり、昨夜を振り返ればわかる。だけど聞いて、アナトール。わたしは情熱に駆られてわれを失うわけにはいかない！　あなたもそうだわ。結婚は情熱だけでは成立しない。ニッキーのために家族を作りたいからというだけでも。どうか、その事実を見つめて！」

　彼女に拒絶された事実をはねつけるように、アナトールは無表情のまま口を開いた。

「今までずっと、女性たちから結婚を望まれてきた。きみも含めて。だがそんなぼくが今、ようやく結婚する気になった女性から拒絶されている」彼は笑ったが、少しも面白そうではなかった。「きっとこれは何かの宿命なのだろう」

　アナトールは彼女を見つめた。

「ならば、きみは結婚には何が必要だと考えている？　その基本的な条件を教えてくれ」

　クリスティンは悲しげな声で答えた。「わたしが再婚する理由は一つしかないわ。だけどそれがわからないなら、やっぱりあなたとの結婚はありえない」

「だったら、答えを聞かせてくれ！」

「わたしからは答えられない。でも……あなたにもわかるはず――」

　クリスティンは言葉を切り、よろめきながら正面玄関へ近づくと、彼に出ていってもらうために扉を開いた。おとぎの国に住んでいるようだと考えていたあの頃と同じく、今も二人の結婚はありえない。

　クリスティンは耐えがたいほどの苦しい感情に押しつぶされそうだった。けれど屈するわけにいかない。扉を開き、アナトールのほうを振り返る。彼は動こうとせず、彼女を見つめるだけだった。

クリスティンは決然としたまなざしで彼を見ると、身ぶりでドア口を指し示した。「お願い——」

アナトールは出ていこうとしたが、彼女の脇でふと足をとめた。「ぼくらはよい夫婦になる。ぼくたち二人とニッキーで。それに、いつかぼくたちの子供もできる」

彼女はくぐもった声をあげた。「帰って！　アナトール、わたしを一人にして！」

クリスティンは扉を閉めた。アナトールを追い出したも同然だが気にしない。音を立てて扉の鍵をかけ、彼の車のエンジン音が遠ざかっていくと、しっかりと閉ざした扉にもたれた——彼女の家から、そして人生からアナトールを締めだした扉に。

〝ぼくたちの子供……〟

クリスティンはまたしても、すすり泣きの声をあげた。それは五年前、彼女が心から望んだものだった。人生にもたらされた輝く魔法の粉が、灰の粉へと変わったあの瞬間に。

彼女はゆっくりと寂しい足取りで階上へあがった。ぐっすり眠るニッキーにキスしたい。愛するただ一人の息子に。

わたしが愛せるのはもうあの子しかいない。

11

「また会えてうれしいわ。元気にしていた？」

牧師館を訪れたクリスティンは牧師の妻からそう出迎えられ、牧師からシェリー酒を手渡された。

「ヴァシリスと毎週話しこんでいたのが懐かしいよ」牧師がふともらす。そのあと彼の妻からニッキーの様子を尋ねられた。

こんなふうな思いやりある問いかけに、クリスティンはできるだけ正直にありのままを答えようと努めていた。でも、今はそれがどうにも難しい。ニッキーに家族を作るためにアナトールから求婚されている事実を隠しているからだ。本来受けてはいけない申し出なのに〝受けたい〟と思う衝動を抱えているなどとどうして話せるだろう？

その衝動は今もおさまらない。アナトールが車で立ち去ってから一カ月が経《た》とうとしている。永遠とも思える一カ月間、この衝動をずっと感じないよう自分に言い聞かせてきたのに。

自分のしたことへの怒りと苦しみにさいなまれ続け、アナトールが恋しくてたまらない一カ月だった。

深刻なのは、いくらアナトールを忘れようと自分に言い聞かせても、〝聞きたくない〟と考えてしまうことだった。さらに深刻なのは、ニッキーからアナトールがいつ戻るかと繰り返し尋ねられることだった。

「早く会いたいよ！」ニッキーが悲しげに言うたび、クリスティンと乳母のルースはどうにか彼の気をそらそうと努めてきた。けれど夏が来て海辺へのドライブを計画する段になっても、ニッキーはこう答えるばかりだった。

「アナトールも一緒じゃないといやだ！　どうして来てくれないの？　なんで？」

クリスティンは最善を尽くして息子に答えようとした。「彼はお仕事が忙しいの。するべきことがたくさんあるのよ。いろいろな国へも行かなくてはいけないし――」

「ここにも飛行機で飛んでこられるよ」ニッキーは言い返し、母親を見た。「それにここに住むことだってできる。アナトールは言ってたんだ。パパウから頼まれたから、ぼくを大切にするって！」

小さな顔が悲しみにゆがむのを見て、クリスティンは痛みに胸を貫かれるようだった。

それだけにアナトールから最初の絵葉書が届いたとき、救われたような気がした。パリから届いた、人気のキャラクターが描かれたエッフェル塔の絵葉書だ。その裏にはこう書かれていた。

　　きみとぼくがエッフェル塔のてっぺんにいる絵をぼくのために描いてくれるかい？

　ニッキーはすぐさま絵の具に飛びついた。

　絵葉書は週に一度、いろいろな場所から届いた。彼が立ち去ったあの夜から六週間が経とうとしている。果てしなく思えた六週間だ。

　ただ、子犬がやってくる日が近づくにつれ、ニッキーは明るくなっていった。ジャイルズから乗馬を教わり始めたこともあって忙しそうだ。さらに秋から通う、パブリックスクールへの進学準備校の一般公開日も重なった。

　休日にはニッキーを連れてどこかに遠出する計画も立てている。テーマパークがいいだろう。ブルターニュかスペインの海辺もいいかもしれない。

　だけど決められない。何も考えられない。一日が過ぎていくたび、ひそやかな、それでいて恐ろしい絶望感に襲われていく。

　わたしの人生はこれからもずっとこんな調子なのだろうか？　アナトールなしでは寂しすぎる。

　彼が恋しい！

　心の奥底から聞こえてくる強烈な叫びに胸を突かれ、クリスティンはヴァシリスのことを考えようとした。けれど自宅からも彼女の人生からも、亡き夫の記憶は薄れつつあった。今ではうつろな面影しか思い浮かばない。

ヴァシリスをいちばん身近に感じるのは、彼の慈善基金関連の会合に出席するときだ。ただし、仕事は彼が厳選した管財人たちの手で、彼自身が設定したプログラムに従って行われるため、そうひんぱんに会合が開かれるわけではない。これまでロンドンの会合へ二度出席したが、自宅へ戻ったとたん、一人の男性のことしか考えられなくなっている。

けっして一緒にいることができない、彼女が追いだしてしまった男性。

そして日が経つごとに、恋しさが募るいっぽうの男性だ。

アナトールはアテネに戻っていた。何週間もめまぐるしいペースで都市から都市へと飛行機で飛びまわった末のことだった。どうしようもない欲求不満に見舞われ、置き去りにしてきたものを心から締めだす必要にも駆られ、仕事にかこつけて絶え間ない移動を繰り返していた。

ただ空港で絵葉書を買い、ニッキーに宛てて殴り書きをするときだけは、置き去りにしてきたものを思い出さずにいられなかった。

だがニッキーのことだけを考えているわけにはいかない。クリスティンのこともだ。アテネでは、目の前の問題に集中しなければ。

彼は険しい表情を浮かべた。両親から会いに来るよう言われている。どちらの用件も想像するだけでおぞましい。離婚に際し、父は早まって署名した婚前契約書を撤回するつもりだろう。母は離婚したばかりの元夫に与えた、イタリア湖畔の別荘を取り戻したがっている。

　両親の要求になど興味はない。山のように届く招待状にもだ。パーティに出れば、彼との結婚を狙う女性たちにまた囲まれることになる。彼女たちにとって未婚の彼は格好の標的なのだ。そんな状態にいやけがさしている。

　どれもぼくの望んでいることとは違う。この場所にいたくないし、ここの人たちとつきあいたいわけでもない。

　ぼくの興味を引こうとすり寄ってくる女性たちにも、必要なときだけ呼びつけてそれ以外のときは無関心な両親にもうんざりだ。こうして一人でフラットに戻りながらも、激しい焦燥感を覚えている。六週間休みなく移動し続けてわかったのは、ぼくが戻りたいと思う場所は一つしかないという事実だった。

　自宅に戻ってバルコニーへ出ると、夜のむっとした空気に息が詰まりそうになった。たちまち思い出がよみがえる。思い浮かぶのはロンドンの屋上庭園だ。光に照らしだされた緑の植物、その光景に驚いたような優しい声。

　何年も経たあと、また一つに結ばれ、彼の

名を呼ぶあの優しい声を耳にした。だがそのあと、彼女は厳しい声で彼を追いだしたのだ。暗澹《あんたん》とした思いに押しつぶされそうだ。ぼくの無分別のせいで、かつてティアを失い、今またしても彼女を失ってしまった。それがどうにも耐えられない。

もう一度ティアに会いたい。彼女とニッキーと家族になりたい。

なぜティアはそう思わないのだろう？　何が彼女をためらわせているんだ？

彼女の言葉が忘れられない。

〝あなたにもわかるはず――〟

あれはどういう意味だ？　ティアが考える、結婚に必要な条件とはなんなんだ？　ぼくの言葉や愛撫《あいぶ》だけでは足りないのか？

まったく理解できない。

彼は物思いを振り払い、決意を固めた。まずは今ぼくがいる場所と、彼女とニッキーがいる場所との遠い距離を縮めるしかない。

数時間後、彼はヒースロー空港へ到着するとすぐに南を目ざした。郊外に入ると、初めて心が軽くなり息が楽にできるようになった。

希望が新たにわき起こり、高揚感に包まれる。今度こそティアを説得してみせる。二人で一緒に未来を築く。

今回は彼女もぼくを拒まないはずだ。

アナトールは力強い希望を感じていた。

クリスティンは錬鉄製の扉のあいだで車の向きを変えた。砂利敷きの道で車輪が音を立てている。今から、バーコート家で乗馬のレッスンを終えたニッキーとともに自宅へ戻るところだ。車内で、息子はジャイルズから教わった馬についての知識を披露し始めた。

「ポニーに草を食べさせすぎちゃいけないんだ。風船みたいに破裂するかも」

「まあ」クリスティンは驚いてみせた。

「あと、ぼくはブランブルの手入れをしたけど、しっぽは触らなかった。ジャイルズがやってくれたの。いらいらするとポニーはけとばすことがあるんだって」

「まあ」ニッキーの安全を第一に考えてくれたジャイルズに感謝しながら、クリスティンは答えを繰り返した。

適当に相づちを打ちながら、クリスティンは私道のカーブを曲がった。陽光の中、優雅な自宅の正面部分がくっきりと浮かび上がる。左右対称にデザインされた建物も屋根窓も感じがいい。太陽に照らされて輝いているのは、前方にとめられた銀白色のセダンだ。

クリスティンは胃が締めつけられた。脈拍が跳ね上がり、うまく息ができない。車からおりてきたのはアナトールだった。彼女の車が近づいてくる音に気づくと振り返り、片手を上げて会釈した。

ニッキーはおしゃべりをやめ、興奮したよ

うに叫んだ。「アナトールだ！　来てくれた！　きっとぼくのお祈りが通じたんだ！」

　クリスティンは内心の動揺を必死で抑えると、アナトールの車の脇へ車をとめた。ニッキーは喜びの叫び声をあげて車から飛びだすと、アナトールに駆け寄った。彼がニッキーの体を軽々とすくい上げ、抱きしめる。

「うわあ！」アナトールは笑いながら言った。「前よりずっと重くなったな、ニッキー」

　やがてニッキーの体を地面におろすと、アナトールは彼女を見た。

「やあ」そしてさりげなく言った。さりげないのが重要だ。本当はニッキーにしたように、彼女の体をすくい上げ、しっかり抱きしめたい。だが、そうするわけにはいかない。あくまで友だちのような態度を心がけよう。

　今のところは。

「連絡もなしにやってきてすまない。迷惑でなければよかったんだが」彼は言葉を切り、わざとつけ加えた。「ホワイト・ハートに予約を入れてある」

　クリスティンは無言のままうなずいた。そう聞かされ、少なくともほっとしている。どうにか落ち着きを取り戻そうとするが、思うようにいかない。今できるのは彼をひたすら見つめ、全身の血がたぎるのを感じ、なすすべもなく頬を染めることだけ。

　彼はカジュアルな装いだった。デザイナー

ジーンズにロゴ入りセーターを合わせ、ブランドもののスニーカーをはいている。すっかりくつろいでいる様子なのに、あくまでゴージャスだ。胸が高鳴り始めていた。

「ミセス・ヒューズにあなたの分のディナーを用意させたほうがいいわね」クリスティンはやっとのことでそう言った。

「ああ、きみにほかに予定がないなら」

予定などない。乳母のルースを手伝ってニッキーに食事をさせ、お風呂に入れ、寝かしつける以外には。そのあと自分の部屋で味けない夕食を食べるだけ。

彼女はどうにか笑みを浮かべた。「ニッキーはあなたと一緒に食事をしたがるはずよ」

「うん！　そうしようよ！」ニッキーがアナトールのジーンズを引っ張っている。「ぼくね、馬に乗っているの。それにブランブルの手入れもしたんだよ。ジャイルズは、もうすぐジャンプもできるようになるって！」

「もう？　すごいな」アナトールは笑みを浮かべ、ニッキーをじっと見つめた。

クリスティンをもう一度見つめるのが賢明なこととは思えなかったからだ。

彼女はとても……美しい。髪を一つにまとめ、青いプリント柄の夏用のスカートに薄い黄色のブラウスを合わせ、濃い黄色の短い丈のカーディガンを羽織っている。スカートの下には引き締まったふくらはぎが見え、素足にエスパドリーユを履いていた。

アナトールは全身を激しい欲望で貫かれた。ふいになじみのない強い衝動に襲われ、二人のあいだの距離を縮め、両手で彼女の顔を包みこみ、あの甘く柔らかな唇にキスをしたくなった――夫が妻にするように。

彼は新たな決意がわき上がるのを感じた。ティアをぼくのものにしなければならない。どうにかして、結婚が正しい選択だと納得させなければ。いくら反論されても……。

そのとき、またしてもティアの言葉がよみがえった。

〝あなたにもわかるはず――〟

彼は憤懣《ふんまん》やるかたない思いに駆られた。ティアが求めているのに、ぼくが彼女に与えられていないものとは、いったいなんだ？

見つけださなければならない。

そのために、こうしてやってきたのではないか。

決意も新たに、全身にみなぎる活力を覚えた瞬間、ニッキーにまたジーンズを引っ張られた。とりとめもないおしゃべりを始め、必死に関心を引こうとしている。こんなにうれしそうなニッキーの様子を見ていると心がはずんでくる。アナトールは笑いながらニッキーを見おろし、手を引かれるまま歩きだした。

家の中へ入っていく二人を見送りながら、クリスティンは自分だけのけ者にされたような気がしていた。ぎこちない足取りで自分の車へ戻って車庫にとめなおすと、キッチンから室内へ入り、ミセス・ヒューズにディナーの人数が増えたと伝えた。それからすぐ寝室へ駆けこんだ。今や胸の鼓動が早鐘のように打ち、心が千々に乱れている。

目が自分のベッドに吸い寄せられる。アナトールへの欲望にあらがえず、愚かにも屈したあの夜、彼と愛を交わし合ったベッドだ。

許されない記憶を振り払うように唇を噛《か》み、クリスティンは浴室へ向かった。

頬が熱い。考えられる理由はただ一つ……。

ミセス・ヒューズがワゴンでディナーを運んできたとき、クリスティンは既視感《デジャヴュ》を覚えた。前回、勝手に押しかけてきたアナトールと久しぶりにディナーをともにしたときを思い出していた。今では遠い昔のように思える。

入浴を終えてパジャマにガウンを羽織ったニッキーは、アナトールと一緒ではしゃいでいる。

息子の姿を見ながら、クリスティンは考えずにはいられなかった。もしわたしが負けを認めてアナトールの求婚を受け入れたら……。

一瞬おとぎ話のように輝かしいイメージが浮かんだ。彼女とアナトール、そしてニッキーが毎日毎晩一緒に過ごすイメージだ。そう、家族として。おとぎ話が現実になる。

エリザベス・バーコートの言葉がふいによみがえる。〝彼とニッキーはとても自然な雰囲気だわ。まるで――〟

考えてはだめ！　彼女は物思いを振り払い、ミセス・ヒューズの手伝いに集中しようとした。

なのに、アナトールがここで最初に食事をしたときの光景をまた思い出してしまう。あの夜は、ワイン選びをアナトールにまかせた家政婦にいらだちを感じたものだった。けれど今夜は、アナトールがヴァシリスの役割を果たしてもいやな気分にならない。

ヴァシリスが遠い存在に思えてくる。結婚生活がはるか昔のことで、亡き夫を簡単に忘れ去ったような気がして、胸が痛くなった。

「ぼくの伯父のことを考えているのか？」

アナトールは静かな声で言うと、彼女を見つめた。ミセス・ヒューズが部屋から出ていったことに、クリスティンは気づいた。

うなずいてまばたきをしたとき、彼女は腕に優しい感触を覚えた。アナトールが席から身を乗り出し、彼女の袖口に手をかけている。何げないしぐさだが、クリスティンは彼を見つめ、戸惑いを覚えた。彼の目にはこれまで見たことのなかった何かが宿っている。

一瞬、二人の目が合った。

「ママ、食べてもいい？」ニッキーが尋ねた。

「ええ、でも最初に食前のお祈りよ」

ニッキーは天使のような顔をして手を組むと、歌うような声で祈りを捧《ささ》げ、〝いい子にするからデザートも食べさせてください〟という言葉で締めくくった。

アナトールが声をあげて笑い、三人は食べ始めた。ニッキーには大好物のパスタで、大人二人にはチキン・フリカッセが供されていた。ワインを飲みながらクリスティンはふと気づいた。アナトールが押しかけてきた前回のディナーに比べると、雰囲気が違っている。

今夜のほうがはるかに気が楽だった。

こうしているのが自然に感じられる。

彼がここにいるのが正しいことみたいに。

まるで引き潮にのみこまれるようだった。誘惑という危険な潮の流れに圧倒されそうだ。けれど、もしわたしがここで溺れてしまったら——。

クリスティンはそれ以上よけいなことを考えず、この瞬間に集中するよう努めた。

ディナーを終えてプリンも平らげると、ニッキーはあくびをもらし始めた。そこで彼女とアナトールはニッキーをベッドへ運び、眠るのを見届けてから、ゆっくり階下へ戻った。

ニッキーの部屋を去る前、アナトールはまたギリシア語で夜の祈りを口にし、静かに言った。

「ニッキーをギリシア語も話せるように育てるにはどんな準備が必要だろう？　ヴァシリ

スもそう望んでいたはずだ。ぼくも最善を尽くすつもりだが、たまに訪問するだけではニッキーもギリシア語をすぐに忘れてしまう」

彼の心配はもっともだとばかりに、クリスティンはうなずいた。「ええ、何か準備をしないとね。牧師様はヴァシリスに、ニッキーがもう少し大きくなったら古典のギリシア語を教えてあげようと約束してくださったの。だけど、それだけでは不十分だわ。もしよければ……インターネットで定期的にあの子とチャットをしてもらえない？　あの子が現代ギリシア語で子供の本が読めるように」

そう言って階下へ向かい始めたものの、クリスティンは内心穏やかではなかった。ニッキーのことで、今後何年もアナトールとつきあわなければならないと考えたくない。耐えられない。

そこでこう言葉を継いだ。「九月になって学校へ通い始めたら、校長先生に現代ギリシア語の優秀な家庭教師がいないか尋ねてみようかしら？」

「学校だって？」アナトールが眉をひそめる。

「ええ。ヴァシリスはあの子をパブリックスクールに入れようとして、近所にある進学準備校に入学手続きをしていたの。ジャイルズ・バーコートも通っていた、評判のいい伝統校よ。訪ねてみてわたしもニッキーも気に入ったの。あの子は学校生活を始めるのを今から楽しみにしているわ」

「寄宿学校なのか？」アナトールは厳しい声できいた。

クリスティンが彼を見つめる。「もちろん違うわ！　あの子を今から寄宿学校へやろうなんて夢にも思っていないもの！　ただ、大きくなってあの子が望んだら、寄宿学校もいいかなと考えている。けれど、そのときまでは……とても考えられない」

アナトールは穏やかな顔になった。「すまない。ただ――」彼は口をつぐみ、足音を響かせて彼女より先に階下へおり始めた。「ぼくは七歳のとき、寄宿学校に送りだされた。両親は邪魔者だったぼくを厄介払いしたかったんだ」

玄関ホールにおりると、クリスティンは彼の腕を取った。「そんなの、ひどい！　ご両親はどうしてそんなことを？」

彼はうつろな笑い声をあげた。「両親にとって、ぼくは最優先事項ではなかった――」

彼がまた口をつぐんだ。クリスティンはふと五年前の記憶を思い出した。生前の父の話をしたとき、彼から〝家族と過ごした小さい頃の思い出があるのはいい〟と言われた。

「ある意味では」彼の口調が変わったのが、はっきりわかった。「両親よりヴァシリスのほうが、彼なりのやり方でぼくを気にかけてくれていた」彼女のほうを見ないまま、考えこむように言葉を継ぐ。「だからぼくもニッキーの人生で、そんな存在になりたいと考えた。ヴァシリスにしてもらったことを、彼の息子にしてやれるから。だけど……それだけでは気持ちが満たされなくなったんだ」

アナトールは彼女をまっすぐに見つめた。

「ぼくは、きみもニッキーもほしい。この気持ちは変わらない」

アナトールにじっと見つめられ、クリスティンは彼がここにやってきた理由を知った。

「わたしの答えだって変わらないわ」心がざわついていたが、クリスティンは落ち着いた声を出そうとした。ここは平静を保たなければ。

彼は不満げな顔をした。「なぜだ？　ぼくたちが結婚するほど理にかなったことはないのに！」

ふいに息苦しさを感じ、彼女は体の脇でこぶしを握りしめた。「わたしにとってヴァシリスとの結婚は理にかなっていた。少なくとも当時は。だけど、わたしは二度と同じ理由で結婚する気はないわ」

反論をいっさい許さず、クリスティンはまた口を開いた。

「アナトール、わかって！　わたしはニッキーに家族を作るためにあなたと結婚することはできない。そのつもりもないの！　いくら話し合っても堂々めぐりだわ。あなたの望んでいるものを、わたしは望んでいないんだもの」

「だったら、きみはいったい何を望んでいるんだ?」

そう尋ねながらも、アナトールは心の中で、前回彼女から言われた言葉を思い出していた。話し合いはいつまで経っても進展しない。まさに袋小路に入ってしまった。

〝あなたにもわかるはず――〟

アナトールはそのあざけるような言葉を思いきり振り払い、解放されたかった。心からの望みを果たせずにいるのは、その言葉のせいだからだ。今すぐティアを抱き寄せてキスの雨を降らせ、階上の寝室へ連れていって、彼女を永遠に自分のものにしたかった。

だがアナトールはそうしなかった。今再び終わりのない状況にとらわれてしまった。思ったとおり、クリスティンは前と同じ行動に出た。

正面玄関へ近づき、彼女の人生からアナトールを追いだそうとして、扉を開けたのだ。

彼女が見守る中、アナトールは重い足を引きずりながら進んだ。足が鉛のように重い。よく考えもせず、気がつくと口にしていた。

「明日来てもいいかな?」

クリスティンはうなずいた。ニッキーが心待ちにしているだろう。アナトールと再会する楽しみを息子から奪うなんてできない。

「ありがとう」アナトールは静かに答えた。

　彼は玄関口で立ちどまり、彼女を見た。背後にあるホールから、振り子時計が時を刻む音が聞こえている。このときを境に、二人は別の人生を歩むことになる。そう考えたとたん、胸が苦しくなった。

　それでも彼はかすかな笑みを浮かべ、おやすみと言った。外へ出ると夏の夜空の下、森からフクロウの声が聞こえ、あたりにはスイカズラの甘い香りが漂っていた。

　クリスティンはドア口でアナトールを見送っていた。彼の車のヘッドライトが暗闇に浮かび上がり、一筋の光となって流れ去り、やがて見えなくなった。彼は再び行ってしまった。

　これが本当に、わたしが人生に求めていることだろうか？　アナトールの到着と出発をただ見送ることが？　今後何年もそんなことを続けられるだろうか？　本当に耐えられるの？

　ひっそりとした廊下で、クリスティンは振り子時計が時を刻む音を聞いていた。

　ふいに小さな泣き声をもらし、体の向きを変え、家の中に戻って、扉を閉める。

　また一人ぼっちになってしまった。

12

ホワイト・ハートの寝室で、アナトールは開かれた窓際に立ち、壁に囲まれた庭園を見ていた。夜明けの気配が感じられる。新しい一日が始まろうとしている。だが新たな希望などどこにもない。

この地への旅は無駄に終わった。再び訪れる意味など、もともとなかったのだ。

ティアはぼくを求めていない。

結局そういうことなのだ。ヴァシリスと結婚するためにぼくを置き去りにしたときから、ティアはずっとぼくを拒んできた。

彼は口元をゆがめ、その場に立ち尽くした。小さな拒絶されるのには慣れているはずだ。小さな頃から両親に拒絶されてきた。彼らはただの一度もぼくを求めず、愛したりもしなかった。

アナトールは古傷のうずきを振り払おうとした。なぜ今そんなことを考える？　両親にとって自分が大切な存在でないことくらい、ずっと前からわかっている。その事実を心から締めだし、無視する術《すべ》を学んできた。両親を切り捨て、彼らの愛なしでやっていく方法もだ。

アナトールは眉をひそめた。なぜ両親のこ

とを考える? 時間の無駄だ。ぼくにとって重要なのは両親ではなく、ティアだ。そして彼女の息子のニッキーだ。

彼は頬をゆるめ、笑みを浮かべた。昨夜あの子はぼくと再会できて本当にうれしそうだった。まっすぐに走り寄ってきたニッキーを腕に抱きあげたとき、強烈な感情が押し寄せてきて、圧倒されそうだった。

ぼくをとらえて離さなかった、あの強い感情はいったいなんだったんだ? こうして思い出すだけで喜びがこみ上げ、心が浮き立ってくる。あれはいったいなんという感情だ? 今まで感じたことがない。ただの一度も。

しかも、あの感情は薄れることなく、増すばかりだった。ティアを見つめたとき、全身を貫かれるような強烈な感情を覚えたのがいい証拠だ。彼女が愛《いと》おしくてたまらなかった。

彼女とニッキーなしでは生きていけない。

ぼくにとって彼らは絶対必要な存在だ。呼吸をし、心臓が打ち続けるのと同じように。

影の落ちた庭園を眺め、彼は表情を変えた。

なぜニッキーの体を持ち上げると〝守ってやりたい〟という思いがかき立てられるんだ? ティアを見たとき感じる、あの燃えるような思いはいったいなんだ?

庭園の東側にある空が白み始め、朝の光に観賞用の樹木の輪郭が照らし出されていく。

気がつくと、頭の中で声をあげて問いかけ

ていた。

ティア、教えてくれ！　きみやニッキーに抱く、この感情とはいったいなんなんだ？

そのとき頭の中で彼女の答えが聞こえた。これまでさんざん悩まされてきた言葉だ。

〝あなたにもわかるはず――〟

そのあと彼女が口にしなかった言葉の続きが聞こえてきた。

〝あなたが感じようとすれば〟

世界が回転するようにゆっくりと、二つの言葉が一つに溶け合っていく。

〝あなたが感じようとすれば、わかるはず〟

その瞬間、どこからともなく、彼の人生に欠けていた部分がつながり、アナトールは満たされた。すべてが一挙に明らかになり、完全に理解し、満ち足りた気分だった。

ティアを求めるのは、心臓が鼓動を打ち、呼吸をするのと同じこと。

それがぼくが今感じているもの――感じていると知った感情なのだ！

これまでの人生で、一度も知ることのなかった感情だ。なぜなら、ぼくに対して誰もが感じず、誰もがその感じ方を教えてくれなかったからだ。だが、今ようやくわかった。

ただ受け入れればいい。

感じればいいのだ。

その感情に突き動かされて、ぼくはティアとニッキーに会いにここまでやってきた。そして一生二人のそばにいたい、家族になりたいと懇願した。

その感情が今、ぼくを満たしている。体のあらゆる細胞を満たし、心臓が鼓動するたび、体の隅々まで伝わっていく。

驚きのあまり、アナトールは息をするのも忘れて立ち尽くしていた。気がつくと、朝日を浴びた庭園が黄金色で満たされている。

彼はその場に立ち、朝日の黄金色に全身が覆われ、心の内まで満たされていくのがわかった。

〝あなたにもわかるはず――〟彼女の言葉だ。ああ、今ならよくわかる。今するべきことはただ一つ。ティアにこの気持ちを伝えることだ。

アナトールは大股で窓辺から離れ、着替え始めた。

クリスティンは自宅の小さなテラスで朝食をとっていた。反対側にはニッキーが座っている。乳母のルースは週末に妹を訪ねるため階上で荷造りをしている。暖かな朝で、庭園には陽光と鳥の声、花々の香りと色彩があふれていた。

ニッキーはさっきから、今日アナトールと何をしようかとしゃべり続けている。「あのホリデイ・キャンプにまた行けるかな? ねえ、どう思う?」

「どうかしら、彼が来るまで待ちましょう」

クリスティンの心は千々に乱れていた。自分で張り巡らせた防御の壁を粉々にたたきこわしたら、不適切な感情が現れてくる。アナトールに会いたい、彼の姿を満足のいくまで眺めていたいと思う、生々しくも圧倒的な感情だ。でも、その感情をあらわにするのは許されない。

わたしに今できるのは、アナトールへのどうしようもない危険な憧れを完全に抑えつけること。二度と頭をもたげてこないように。慎重には慎重を期さねばならない。

ニッキーはトーストにかじりつきながら、幸せそうに話し続けている。クリスティンはコーヒーに手を伸ばし、カップを持ち上げてひと口味わったが、途中で手を止めた。

アナトールが大股で庭園を横切り、近づいてくる。

彼は土地の境界壁がある方向からやってきた。壁の向こうには森が広がっているのに。いったいなぜだろう？ クリスティンは不思議に思ったが、すぐに彼の姿に目を奪われた。黒髪を風に乱しながら、アナトールが近づいてくる。濃い青色のセーターの上から羽織った柔らかそうな革のジャケットも、長い脚を包むジーンズも芝生の露で濡《ぬ》れていた。

ニッキーは背中を向けていて、彼が近づいてくるのに気づいていない。

アナトールに一瞥《いちべつ》され、クリスティンの全身に衝撃が走った。彼の瞳には、これまで見たことのない何かが宿っている。だが、確かめる間もなく、その何かは消えてしまった。

アナトールは笑みを浮かべ、両手でニッキーを目隠しした。「誰かな？」

ニッキーは喜びの叫び声をあげ、アナトールの両手を引きはがすと、椅子からおりて彼の足にかじりついた。熱烈な歓迎ぶりだ。

そして突然体を引くと、憤慨したように言った。「体がびしょ濡れじゃないか！」

アナトールはかがみこみ、ニッキーを抱きしめた。心臓が高鳴っている。長い散歩のせいだけではない。「歩いてきた。野原には背の高い湿った草がたくさんあったんだ」

クリスティンは叫んだ。「八キロも！」

「こんなすばらしい朝だ。散歩は楽しかったよ！」アナトールは鉄製の椅子に腰かけ、ぽつりと言った。「そう言えば、ぼくは死ぬほどコーヒーが飲みたい」

たちまち、クリスティンの脳裏に切ない思い出がよみがえった。五年前、ロンドンのフラットへ連れていってくれたとき、彼が口にしたのと同じ言葉だ。

「コーヒーを……いれなおしてくるわ」彼女はぼんやり立ち上がり、キッチンへ向かった。

無理やり深呼吸を繰り返すと、クリスティンはいれたてのコーヒーに、トーストと温めたクロワッサンを添えてキッチンから出た。少し落ち着きが戻ってきたようだ。

ところがニッキーとともにテーブルを囲み、笑っているアナトールをひと目見たとたん、また弱気になった。こんな状況に対処しようとしても無駄だと、つくづく思い知らされる。

「今日は、海に行くんだって！」

息子の甲高い声がして、クリスティンは現実に引き戻された。

「海？」彼女は心ここにあらずの様子で答えた。

「海辺で一日過ごそう」アナトールは笑みを浮かべたが、すぐに心配そうに尋ねた。「いいかな？」

彼女はうなずいた。反対すれば、ニッキーが泣きだすだろう。

「それなら海に行く支度をしなくてはね」

クリスティンは再び家の中へ入ろうとした。彼から離れられたら、逆立つ神経を落ち着かせ、彼の存在にも備えられる。

ところが、アナトールの腕が伸びてきて引きとめられた。「急がなくてもいい」

アナトールが一つ息をついて、視線を合わせてくる。彼の瞳にはさっきと同じ奇妙な光が宿っている。表情の読めないそのきらめきが彼女をとらえて離さない。クリスティンは急に緊張を覚えた。彼は何かが変わった。けれど、それが何かはわからない。

アナトールはニッキーのほうを向き、促すような声で言った。「階上《うえ》にいるルースに、海に行くと伝えてくれないか」

　ニッキーは興奮した様子で走り去った。

　アナトールがクリスティンに向き直る。ほんの一瞬、二人のあいだに完全な沈黙が訪れた。それから彼は口を開いた。

「きみと話さなければならない」

「何かしら?」彼女が警戒するように尋ねる。

　クリスティンは突然心臓が跳ねるのを感じた。彼の瞳に宿る何かのせいだった——彼が着いたとき、彼女はすぐにそれに気がついた。

「庭を散歩しないか?」

　クリスティンがぼんやりうなずくと、アナトールは彼女のそばに行った。

　その瞬間、アナトールは強烈な不安に襲われた。多くのことがこれからの数分にかかっている。

すべてが——ぼくの人生のすべてが。

「アナトール、どうかしたの?」

　クリスティンの不安げな声で、彼は物思いから覚めた。

　アナトールは無言のまま芝生を横切り、小さな丘へ向かうと、彼女と同じくブナの木の下にある木製の長椅子に腰をおろした。今すぐ手を取りたいが、あえて我慢した。今や心臓が早鐘のように打っている。

　クリスティンは目を見開いて彼を見つめ、

つぶやいた。「アナトール……」

何かあったのだろうか。妊娠を告げた五年前の悪夢のような朝と同じ怖さを感じる。

「クリスティン……」アナトールは荒く息を吸いこんだ。彼女を見たかったが、代わりに地面に落ちたブナの実を見つめる。「昨夜きみは、ぼくとは結婚できないと言った。ニッキーに家族を作るために結婚するつもりはないと」彼はようやく彼女をちらりとうかがった。クリスティンの表情は張り詰めている。とても美しかった。

一瞬感情に押し流されそうになったが、彼は踏みとどまった。言うべきことをきちんと言わなければならない。

「その前にも、きみは言った。ぼくらの相性がいいだけでは結婚する理由にならないと」

アナトールはそれ以上言おうとしなかった。ティアの頬が染まるのを見て、必要ないと考えたのだ。

「それにこうも言った……ぼくと再婚する理由があれば一つだけだ、その理由はぼくにもわかるはずだと」

アナトールはまた口をつぐんだ。木々の上から鳥のさえずりが聞こえている。下生えの中に巣を作っているのだろう。彼のまわりには、さまざまな命の音があふれ、世界がこの場所から永遠に広がろうとしている。あらゆる目標に向かって——彼もまた、残りの人生のすべてを左右するただ一つのことで、試練にさらされようとしていた。

「わかったんだ」彼は静かに言った。

ティアは体をこわばらせたままだ。

「ぼくはわかったんだ」彼は繰り返した。

そしてティアを見つめた。青ざめた顔で目を見開いている。その瞳に、これまで見たことのない何かが宿っているのに気づき、アナトールは胸に刺さるような衝撃を覚えた。

だが、その何かは前にもあった。アナトールが生まれて初めて今気づいただけだった。

なぜなら、彼は本当に生まれて初めて、彼自身の瞳や顔、存在そのものに、同じものが宿っていると知ったからだ。

「愛だろう、違うか、ティア?」無意識に昔の名前で呼んでいた。かつて彼が気づきもせず、信じてもいなかった感情のせいだ。

今ようやく気づいた。

「きみがぼくらに必要だと言っていたのは愛だ。愛こそ、きみがぼくと再婚するただ一つの理由なんだ」

アナトールは彼女の頬に指を滑らせ、なめらかな感触を味わった。

「愛だ」またしても繰り返す。

奇妙なことに……指先が濡れている。彼女の目から涙があふれ、頬を伝っていた。もう一方の目からも。そしてまばたきをすると、また涙があふれ、ダイヤモンドの輝きを放ってゆっくりこぼれ落ちた。

「ああ、ティア！　きみを泣かせるつもりはなかったんだ！」

けれど、もう遅い。遅すぎた。クリスティンは嗚咽《おえつ》をもらした。五年間、耐え忍んだ末に、ついにもらした嗚咽だった。

アナトールは彼女の体を引き寄せ、泣きやむまで抱きしめていた。そして体を引くと、彼女の両手を取り、しっかりと握りしめた。

「許してくれ。きみの言葉の意味をずっと理解できずに、気づけないでいた」

アナトールは懇願するような目で見つめ、彼女の両手をさらに強く握りしめた。

「許してほしい。ただ、ぼくは今の今まで愛がどんなものか知らなかった。これまでの人生で一度も経験したことがなかったんだ」

彼は一瞬瞳をきらめかせ、言葉を継いだ。

「どうやら人は愛することを学ばねばならないらしい。愛されることで愛を学んでいく」

彼は目をそらし、これまでの長い時間を振り返るように木々の向こうを見つめた。

「ぼくはその必要なレッスンを学んでこなかった」

また視線を合わせた彼の目に宿る痛みに気づき、クリスティンは胸がよじれそうだった。

彼女は指に力をこめた。「ヴァシリスからあなたのご両親の話を少し聞いたことがある。おかげで、あなたのことが理解できるようになったわ。ヴァシリスの教えで、わたしはあなたが与えられる以上のものを求めてしまっていると気づいたの。あなたはわたしと同じ気持ちを感じられないのだとわかったのよ」

「きみの気持ちを？」アナトールの声には恐怖の色がにじんでいた。

クリスティンは彼の手をきつく握りしめた。感情の波が押し寄せてきて、のみこまれそうだった。それでもどうにか切り抜け、彼に伝える言葉を探した。

「アナトール、わたしはわざとあなたを嫌いになろうとした！　そうする必要があったの。だって、あなたはわたしを愛していなかったし、愛せなかったから。わたしはどうしても自分を救う必要があった。だって――」

彼女は言葉を切り、長年の思いを口にした。

「あなたを心から愛していたから。けれど、あなたはわたしを目新しい存在としか考えていなかった。そんなあなたを愛するのは賢明ではないと頭ではわかっていたけど、気持ちをとめられなかった。あなたは王子様みたいにわたしによくしてくれたから」

彼女は口にしにくいことを言うように、一瞬目をそらし、もう一度彼を見た。

「五年前、わたしはわざと妊娠しようとしたわけじゃない。けれど妊娠したかもしれないとわかったとき、本当にそうなればいいと思った。あなたの赤ちゃんがほしかった。そうすればあなたもわたしを愛していると気づいて結婚し、家庭を築いてくれると思って」

クリスティンは手が震えるのを感じた。

「だけど打ち明けたとき、あなたにきっぱり言われたわ。わたしが望んでいるようなことはありえないと。あのとき、わたしの中で何かが死に絶えてしまった」

「ひどい目にあわせてしまった」

彼はかすれる声で言い、彼女を見つめた。

「ティア――クリスティン、言い訳するつもりはない。だけど当時のぼくは父親になるのが怖かった。自分の父親は理想とはかけ離れていたから。父と同じで、ぼくもとんでもない親になるのではと恐ろしかった。だけど、ぼくは変わったんだ、ティア！」

アナトールの声が優しくなった。

「ニッキーと出会ったからだ。あの子と一緒にいると、愛しい思いがあふれそうになる。われながらつくづく変わったと思うよ。自分の家族がほしくてたまらなくなるなんて」

「ええ、見ていてわかったわ。だけど、なぜわたしがあなたの申し出をはねつけたか、今ならわかってくれる？　本当は受け入れたくてたまらなかった！　でも、あえてそうしなかったの」

クリスティンは彼の手を離し、背を向けた。

「わたしはかつてあなたを愛し、失った。ヴァシリスと結婚したのは愛情からではなく……お互い、そうするのがいいと思えたからだったの」

言葉をにごしたのが彼にわかっただろうか。

「だけど相手があなたの場合、話は別よ。ニッキーに家族を作るためだけにあなたと結婚するのは、この世の地獄だとわかっていた。またあなたを愛してしまうのは明らかだったもの。なのに、あなたにとってわたしはニッキーの母親でベッドをともにする相手でしかないなんて……。天国のすぐ近くにいるのに、扉が開かれていない状態と同じだもの」

アナトールは彼女の体を向き直らせると、両肩に温かな手を置き、力強い声で言った。

「ぼくがきみにとって天国のような場所を作り上げるよ、愛しいクリスティン。ぼくのきみへの愛情で、ぼくら二人にとって天国のような場所を作り上げる」

クリスティンはすすり泣くと、再び彼に体を寄せ、しっかりと抱きしめてキスをした。頬と唇に長く甘いキスだった。これまで彼の前で我慢せざるをえなかったことがすべて満たされていく。これからは二度と我慢する必要がない。

アナトールは彼女を抱きしめ、抱擁を返すと、少しだけ体を引いた。

「きみとぼく、そしてニッキーにとって天国のような場所だ。ニッキーがわが子のように愛しく思えてしかたがないんだ」

クリスティンは石のように身をこわばらせ、動きをとめた。わたしは五年間、沈黙を守り続けてきた。そして今、告げるべき真実を口にしようとしている。

「ヴァシリスと結婚した理由を、あなたに打ち明けなければいけないわね」

アナトールは表情をゆがめ、長く否定してきた胸の内を告白していた。

「あのときはひどく傷ついた。最初そんなふうに傷ついたのは、きみに激しい怒りを感じているからだと思っていた。だがやがて、きみが伯父と一緒になるために、ぼくを拒んだからだと気づいた。そう、当時のぼくはまだきみを求めていたし、どこへも行ってほしくないと願っていた。なのに、きみはぼくから離れようとした。今ならその理由がわかる。伯父がぼく以上のものをきみに与えようとしたからなんだな。きみは子供を望んでいたし、ヴァシリスもそうだった。それほど簡単なことだったんだ」

クリスティンはかぶりを振った。「いいえ、そんなに簡単なことじゃないのよ!」

彼女は激しい調子で言った。

「赤ちゃんができたかもしれないと打ち明けたあの朝、あなたから妊娠は絶対にあってはならないことだと言われた。あのあと、結果を知るのが怖くて使えなかった妊娠検査薬を試してみたの。生理がきたからもう必要ないとわかっていたけれど、妊娠していないという確実な証拠がほしくて。そうしたら――」

　彼に告げなければならない真実がある。クリスティンの心は鉛のように重くなった。

「陽性だったの」

　完全な沈黙が広がった。鳥の鳴く声さえも聞こえない。ようやく彼が口を開いた……。

「わからないんだが」

「わたしもそうだった。当時は知らなかったけど、それほど珍しいことではなかったの。妊娠していても出血する場合があるのよ」

　彼にまじまじと見つめられ、クリスティンは言葉を継いだ。そうするしかなかった。

「心配で気も狂わんばかりだった。あなたが戻ったら結果を教えねばならないのはわかっていた。その瞬間、あなたがどれほどぞっとするかも。そんな取り乱した状態のとき、ちょうどあなたの伯父様が昼食にやってきたの。ヴァシリスは信じられないほど親切だった。わたしを座らせ、落ち着かせると、話をすべて聞いてくれた。わたしはあなたを愛しているけれど、あなたはそうじゃない。でも妊娠したと聞けば、あなたはわたしと結婚しなければならないと考えるだろうし、そのせいで、わたしは一生みじめな思いをするはめになる。だってわたしはあなたを愛しているのに、あなたにしたくもない結婚を強いて、持ちたくもない子供を持たせるのだからと。そこで……ヴァシリスが助言をしてくれたの」

　クリスティンは深いため息をついた。

「甥《おい》に真実を告げるにせよ、一人で子供を育てるにせよ、きみにはよく考えて決断を下すための時間が必要だと。あのあと、あなたも知ってのとおり、彼はわたしをロンドンへ連れて帰った。あれは医師の診察を受けさせるためよ。実際妊娠していたとわかると、ヴァシリスはわたしの話を踏まえて別の可能性を提案してくれた」

「きみが伯父と結婚し、ぼくの息子を――ぼくが望まない息子を育てる役割を、伯父自らが買って出るという提案だな？」

　アナトールの声に強い自責の念を感じ、クリスティンの胸は痛みに貫かれた。

「彼はあなたのためにそうしたの！　あなたの息子に家と愛情あふれる家族を与え、ニッキーとわたしを養おうとしてくれたのよ！」

　クリスティンの表情はとても悲しげだった。

「ヴァシリスは自分の余命が短くて、ニッキーの人生に一時的にしか関われないと知っていた。だからあの子にパパウと呼ばせたの」

　彼女はごくりと唾をのみ、アナトールをじっと見つめた。「自分はすぐにこの世からいなくなる。いつか――」痛みに満ちた、かすれた息をつく。「わたしがあなたに真実を話さねばならない日が来ると知っていたから」

　クリスティンはそこで一瞬黙った。

「今こそそのときだと思うの。お願い、アナトール、そうだと言って。わたしを許して」

「責められるべきはぼくだ。自業自得だ」

「あなたはどうしようもなかったのよ。愛を感じたことが一度もなかったのだから」

彼は彼女の手を取った。「きみは優しいな、ティア。だが、ぼくが間違っていた。きみが打ち明けられるわけがなかったのに――」

「いいえ、勇気を奮い起こしてわたしがあなたに話すべきだったのよ。でもそうはできずに、あなたから息子を奪ってしまった――」

「ぼくはあの子にふさわしくなかった」

クリスティンは、アナトールのすがるような目の表情が、自責の念から別の新たなものに変わるのを目のあたりにした。

希望だ。

だから今、彼が必要としている言葉をかけた。「けれど、今のあなたはあの子にふさわしい。あなたはあの子を愛している。子供に何より必要なのは愛情よ。あなたは一度も与えられることがなかったけれど、今のあなたにはニッキーがいる。あなたの息子は親から愛されて当然よ。そして実際、あなたから愛されている！」

クリスティンは立ち上がり、彼の手を引っ張って立たせると、背の高い彼を見上げた。

「今のあなたには、あなたのことを心から愛している妻もいる」

「それに今のきみには、きみを心から愛している夫がいる」

彼は唇を重ね、彼女の手を握りしめた。

「ニッキーはぼくの息子だ」まばゆい陽光の中で、彼は宣言した。「ぼくの息子なんだ」

ふいにはじけるような喜びを覚え、アナトールは彼女の体をすくいあげると、くるくるとまわりだした。思い切り笑ったり叫んだりしたあと、彼女の体を地面におろす。

「こんな幸せがあるだろうか？　自分がきみとニッキーを愛していると知った。そして今、きみがぼくの愛に応えてくれているのを知り、愛おしいニッキーが息子だと知った！」

アナトールの表情が変わり、真顔になった。

「だけど、あの子は伯父の子供でもある。そのことは絶対に忘れない。ぼくは伯父に恩義がある。彼がきみとニッキーのためにしてくれたことをずっと感謝する」

クリスティンは涙があふれそうだった。

「ヴァシリスは本当にいい人だった。善良な夫だった。名ばかりで本当の意味で夫とは言えない間柄だったけれど――彼はわたしに何も求めようとしなかった。わたしもよ」

その言葉の意味に気づき、アナトールは彼女を見おろした。

クリスティンは悲しげな笑みを浮かべた。

「なぜあなたの伯父様が独身だったか考えてみたことはある？　ヴァシリスは学生時代に

恋をしたの。けれど相手の女性とは身分が違うと、彼の両親に反対されたそうよ。ヴァシリスは教員資格を取って経済的にキルギアキス家から独立し、彼女と結婚しようとしたの。でもイギリスで勉強中の彼が知らないうちに、女性は妊娠していたとわかり、子癇《しかん》の発作を起こして、彼女も赤ちゃんも亡くなってしまったの」

クリスティンは重いため息をついた。

「彼がわたしに妻になるよう申し出てくれたのは、かつて愛した女性にどれほど寂しい思いをさせたか思い出したせいでもあるの」

アナトールは彼女を引き寄せ、静かに口を開いた。「ヴァシリスとその女性と子供が今、天国で一緒になっていることを祈ろう」彼女の瞳をのぞきこんで言葉を継ぐ。「ぼくらと同じように。きみとぼく、そして大切な息子が永遠に一緒でいられるように。何ものもぼくらを切り離すことはできない。絶対に」

アナトールが彼女にキスをする。甘く情熱的で愛のこもった、温かなキスだった。

先に体を引いたのはクリスティンだった。

「こんなすばらしいことがあるなんて……」

彼女は笑みを浮かべながら涙をこぼした。幸せと喜びの涙だ。かなわぬ望みとあきらめていた奇跡が起きた。ずっと愛してきた男性の愛情を得ることができた。

「本当にすばらしいわ」クリスティンは目を

輝かせた。「だけど、そろそろ家の中に戻って海へ出かける準備をしないと！　さもないとわたしたちの息子に――」〝わたしたちの〟と言った瞬間、涙でむせそうになった。「わたしたちの息子に一生許してもらえないわ！」

　このうえない幸せを感じながら、アナトールは笑い声をあげ、クリスティンの体に腕をまわした。肩を触れ合わせるようにして二人で家の中へと戻る。これから三人で、家族で生活を始める準備はもうできていた。

エピローグ

教会はたくさんの花で満たされていた。でも招待客はごく限られた人たちだけだった。

　まずバーコート家の人たち。信者席前列に座ったジャイルズの母と妹は満足げな笑みを浮かべている。反対側の席には牧師の妻とヒューズ夫妻、乳母のルースが座っていた。

　薄いラベンダー色のドレス姿のクリスティンがゆっくりと通路を歩いてきた。彼女の背後で短い裳裾《もすそ》を持っているのはニッキーだ。

そのうしろには薔薇《ばら》の花を手にしたイザベル・バーコートの娘が続いている。

祭壇の手すりのそばに立ち、花嫁を待つのはアナトールだ。彼のもとにたどり着いたクリスティンが笑みを浮かべ、ニッキーを脇に立たせると、柔和な表情の牧師が式を始めた。アナトールの脳裏でクリスティンの言葉がこだまする。〝あなたにもわかるはず……〟

今、彼は愛の力の偉大さを噛《か》みしめていた。そのおかげで彼はここにいる。彼を愛する女性と息子を永遠に彼のものにするために。そして彼も永遠に二人のものになるために。

アナトールが厳かな声で誓いの言葉を述べると、クリスティンも涼やかな声で同じ言葉を繰り返し、二人は指輪を交換した。

「花嫁にキスを」牧師が笑みを浮かべる。

クリスティンはアナトールを見上げた。夫となった最愛の男性だ。軽く唇を触れ合わせたあと、彼女はかがみこんでニッキーを抱き上げ、アナトールに託した。彼が息子を軽々と抱えると、二人は体の向きを変えた。

オルガンの音が高まり、鐘の音が響き渡り、少女が薔薇の花びらをまき始めると、会場が拍手に包まれた。夫と妻であり、父と母である二人は、大切な息子と三人で、満面の笑みをたたえて通路を戻ると、教会の外の黄金色の陽光の中へと新たな一歩を踏みだした。

ハーレクイン

ハーレクイン・ロマンス　2018年11月刊（R-3369）

悪魔に捧げた純愛

2023年12月20日発行

著　　者	ジュリア・ジェイムズ
訳　　者	さとう史緒（さとう　しお）
発 行 人	鈴木幸辰
発 行 所	株式会社ハーパーコリンズ・ジャパン 東京都千代田区大手町 1-5-1 電話 03-6269-2883（営業） 0570-008091（読者ｻｰﾋﾞｽ係）
印刷・製本	大日本印刷株式会社 東京都新宿区市谷加賀町 1-1-1

ISBN978-4-596-52984-8 C0297

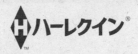

◆◆◆ ハーレクイン・シリーズ 12月20日刊 発売中

ハーレクイン・ロマンス

愛の激しさを知る

今夜だけはシンデレラ 〈灰かぶり姉妹の結婚 I〉	リン・グレアム／飯塚あい 訳	R-3833
大富豪と秘密のウェイトレス 《純潔のシンデレラ》	シャロン・ケンドリック／加納亜依 訳	R-3834
悪魔に捧げた純愛 《伝説の名作選》	ジュリア・ジェイムズ／さとう史緒 訳	R-3835
愛なき結婚指輪 《伝説の名作選》	モーリーン・チャイルド／広瀬夏希 訳	R-3836

ハーレクイン・イマージュ

ピュアな思いに満たされる

失われた愛の記憶と忘れ形見	ケイト・ヒューイット／上田なつき 訳	I-2783
イブの約束 《至福の名作選》	キャロル・モーティマー／真咲理央 訳	I-2784

ハーレクイン・マスターピース

世界に愛された作家たち
～永久不滅の銘作コレクション～

禁断の林檎 《ベティ・ニールズ・コレクション》	ベティ・ニールズ／桃里留加 訳	MP-84

ハーレクイン・プレゼンツ作家シリーズ別冊

魅惑のテーマが光る
極上セレクション

振り向けばいつも	ヘレン・ビアンチン／春野ひろこ 訳	PB-375

ハーレクイン・スペシャル・アンソロジー

小さな愛のドラマを花束にして…

シンデレラの白銀の恋 《スター作家傑作選》	シャロン・サラ 他／葉山　笹 他 訳	HPA-53

文庫サイズ作品のご案内

◆ハーレクイン文庫・・・・・・・・・・・・・・毎月1日刊行
◆ハーレクインSP文庫・・・・・・・・・・・・毎月15日刊行
◆mirabooks・・・・・・・・・・・・・・・・・・毎月15日刊行

※文庫コーナーでお求めください。

12月22日発売 # ハーレクイン・シリーズ 1月5日刊

ハーレクイン・ロマンス

愛の激しさを知る

ギリシア富豪とナニーの秘密 《純潔のシンデレラ》　キム・ローレンス／岬　一花 訳　R-3837

秘書は一夜のシンデレラ 《純潔のシンデレラ》　ロレイン・ホール／中野　恵 訳　R-3838

家政婦は籠の鳥 《伝説の名作選》　シャロン・ケンドリック／萩原ちさと 訳　R-3839

高原の魔法 《伝説の名作選》　ベティ・ニールズ／高木晶子 訳　R-3840

ハーレクイン・イマージュ

ピュアな思いに満たされる

野の花が隠した小さな天使　マーガレット・ウェイ／仁嶋いずる 訳　I-2785

荒野の乙女 《至福の名作選》　ヴァイオレット・ウィンズピア／長田乃莉子 訳　I-2786

ハーレクイン・マスターピース

世界に愛された作家たち
～永久不滅の銘作コレクション～

裏切られた再会 《特選ペニー・ジョーダン》　ペニー・ジョーダン／槙　由子 訳　MP-85

ハーレクイン・ヒストリカル・スペシャル

華やかなりし時代へ誘う

侯爵と疎遠だった極秘妻　マーガリート・ケイ／富永佐知子 訳　PHS-318

鷹の公爵とシンデレラ　キャロル・モーティマー／古沢絵里 訳　PHS-319

ハーレクイン・プレゼンツ作家シリーズ別冊

魅惑のテーマが光る
極上セレクション

純粋すぎる愛人　リン・グレアム／霜月　桂 訳　PB-376

※予告なく発売日・刊行タイトルが変更になる場合がございます。ご了承ください。

今月のハーレクイン文庫

12月1日刊

珠玉の名作本棚

「やどりぎの下のキス」
ベティ・ニールズ

病院の電話交換手エミーは高名なオランダ人医師ルエルドに書類を届けたが、冷たくされてしょんぼり。その後、何度も彼に助けられて恋心を抱くが、彼には婚約者がいて…。

(初版：I-1721)

「伯爵が遺した奇跡」
レベッカ・ウインターズ

雪崩に遭い、一緒に閉じ込められた見知らぬイタリア人男性リックと結ばれて子を宿したサミ。翌年、死んだはずの彼と驚きの再会を果たすが、伯爵の彼には婚約者がいた…。

(初版：I-2302)

「あなたに言えたら」
ステファニー・ハワード

3年前、婚約者ファルコとの仲を彼の父に裂かれ、ひとりで娘を産み育ててきたローラ。仕事の依頼でイタリアを訪れると、そこにはファルコの姿が。まさか娘を奪うつもりで…？

(初版：R-1152)

「尖塔の花嫁」
ヴァイオレット・ウィンズピア

死の床で養母は、ある大富豪から莫大な援助を受ける代わりにグレンダを嫁がせる約束をしたと告白。なすすべのないグレンダは、傲岸不遜なマルローの妻になる。

(初版：I-2179)